주막에서

천상병 시집

주막에서

오늘의 시인 총서

3

민음사

차례

피리

피리를 가졌으면 한다
달은 가지 않고
달빛은 교교히 바람만 더불고 ──
벌레 소리도 죽은 이 밤
내 마음의 슬픈 가락에 울리어 오는
아! 피리는 어느 곳에 있는가
옛날에는
달 보신다고 다락에선 커다란 잔치
피리 부는 악관이 피리를 불면
고운 궁녀들 춤을 추었던
나도 그 피리를 가졌으면 한다
볼 수가 없다면은
만져라도 보고 싶은
이 밤
그 피리는 어느 곳에 있는가.

공상
── 나는 며칠 동안 공상을 먹으며 살았다

기어이 스며드는 것

절벽 위에서
아슬한 그 절벽 위에서

아!
저 화원입니다
저 처녀입니다

── 붉고 푸르고 누른 내 마음의 마차여
오늘은 또 어드메로 소리도 없이
나를 끌고 가는가

나무

사람들은 모두 그 나무를 썩은 나무라고 그랬다. 그러나 나는 그 나무가 썩은 나무는 아니라고 그랬다. 그 밤. 나는 꿈을 꾸었다.

그리하여 나는 그 꿈속에서 무럭무럭 푸른 하늘에 닿을 듯이 가지를 펴며 자라가는 그 나무를 보았다.

나는 또다시 사람을 모아 그 나무가 썩은 나무는 아니라고 그랬다.

그 나무는 썩은 나무가 아니다.

갈매기

그대로의 그리움이
갈매기로 하여금
구름이 되게 하였다.

기꺼운 듯
푸른 바다의 이름으로
흰 날개를 하늘에 묻어 보내어

이제 파도도
빛나는 가슴도
구름을 따라 먼 나라로 흘렀다.

그리하여 몇 번이고
몇 번이고
날아오르는 자랑이었다.

아름다운 마음이었다.

약속

한 그루의 나무도 없이
서러운 길 위에서
무엇으로 내가 서 있는가

새로운 길도 아닌
먼 길
이 길은 가도가도 황톳길인데

노을과 같이
내일과 같이
필연코 내가 무엇을 기다리고 있다.

갈대

환한 달빛 속에서
갈대와 나는
나란히 소리 없이 서 있었다.

불어오는 바람 속에서
안타까움을 달래며
서로 애터지게 바라보았다.

환한 달빛 속에서
갈대와 나는
눈물에 젖어 있었다.

무명

뭐라고
말할 수 없이
저녁놀이 져가는 것이었다.

그 시간과 밤을 보면서
나는 그때
내일을 생각하고 있었다.

봄도 가고
어제도 오늘 이 순간도
빨가니 타서 아, 스러지는 놀빛.

저기 저 하늘을 깎아서
하루 빨리 내가
나의 무명을 적어야 할 까닭을,

나는 알려고 한다.

나는 알려고 한다.

다음

머잖아
북악에 바람이 불고,
눈을 날리며, 겨울이 온다.

그날. 눈 오는 날에
하얗게 덮인 서울의 거리를
나는 봄이 그리워서 걸어가고 있을 것이다.

아무것도 없어도
나에게는 언제나
이러한 〈다음〉이 있었다.
이 새벽. 이 〈다음〉.
이 절대한 불가항력을
나는 내 것이라 생각한다.

이윽고, 내일
나의 느린 걸음은

불보다도 더 뜨거운 것으로 변하여

나의 희망은
怒濤보다도 바다의 전부보다도
더 무거운 무게를 이 세계에 줄 것이다.

그러므로, 이 〈다음〉은
눈 오는 날의 서울의 거리는
나의 세계의 바다로 가는 길이다.

강물

강물이 모두 바다로 흐르는 그 까닭은
언덕에 서서
내가
온종일 울었다는 그 까닭만은 아니다.

밤새
언덕에 서서
해바라기처럼 그리움에 피던
그 까닭만은 아니다.

언덕에 서서
내가
짐승처럼 서러움에 울고 있는 그 까닭은
강물이 모두 바다로만 흐르는 그 까닭만은 아니다.

오후

그날을 위하여
오후는
아무 소리도 없이……

귀를 기울이면
그래도
나는 나의 어머니를 부르며
울고 있다.

멀리 가까이
떠도는 하늘에
슬픔은 갈매기처럼
날아가곤 날아가곤 한다.

그것은
그 어느 날의 일이었단다.
그 어느 날의 일이었단다

그리하여
고요한 오후는
물과 같이 나에게로 와서
나를 울리는 것이다.

귀를 기울이면
어머니를 부르는
소리가 들려온다.

무명 戰死

지난날엔 싸움터였던
흙더미 위에 반듯이 누워
이지러진 눈으로 그대는
그래도 맑은 하늘을 우러러보는가

구름이 가는 저 하늘 위의
그 더 위에서 살고 계신
어머니를 지금 너는 보는가

썩어서 흐무러진 살
그 살의 무게는
너를 생각하는 이 시간
우리들의 살의 무게가 되었고

온몸이 남김없이
흙 속에 묻히는 그때부터
네 뼈는

영원한 것의 뿌리가 되어지리니

밤하늘을 타고
내려오는 별빛이
그 자리를 수억만 번 와서 씻은 뒷날 새벽에
그 뿌리는 나무가 되고
숲이 되어
네가
장엄한 산령을 이룰 것을 나는 믿나니

—— 이 몸집은
저를 잊고
이제도 어머니를 못 잊은 아들의 것이다.

푸른 것만이 아니다

저기 저렇게 맑고 푸른 하늘을
자꾸 보고 또 보고 보는데
푸른 것만이 아니다.

외로움에 가슴 졸일 때
하염없이 잎이 떨어져 오고
들에 나가 팔을 벌리면
보일 듯이 안 보일 듯이 흐르는
한 떨기 구름

3월 4월 그리고 5월의 신록
어디서 와서 달은 뜨는가
별은 밤마다 나를 보던가,

저기 저렇게 맑고 푸른 하늘을
자꾸 보고 또 보고 보는데
푸른 것만이 아니다.

등불

저 조그마한 불길 속에
누가 타오른다.
아프다고 한다. 뜨겁다고 한다. 탄다고 한다.
허리가 다리가 뼈가 가죽이 재가 된다.
저 사람은 내가 모르는 사람이다.
어디서 만난 사람이다.
아, 나의 얼굴
코도 입도 속의 살도
폐가, 돌 모두가
재가 되어진다.

덕수궁의 오후

나뭇잎은 오후, 멀리서 한복의 여자가 손을 들어 귀를 만
진다.
그 귀밑볼에 검은 혹이라도 있으면
그것은 섬돌에 떨어진 작은 꽃이파리
그늘이 된다.

구름은 떠 있다가
중화전의 破風에 걸리더니 사라지고, 돌아오지 않는다.

이 잔디 위와 砂道,
다시는 못 볼 광명이 되어
덤덤히 섰는 솔나무에 미안한 나의 병,
내가 모르는 지나가는 사람에게 인사를 한다.

어리석음에 취하여 술도 못 마신다.
연못가로 가서 돌을 주워 물에 던지면,
끝없이 떨어져 간다.

솔나무 그늘 아래 벤치,
나는 거기로 가서 앉는다.

그러면 졸음이 와 눈을 감으면,
덕수궁 전체가 돌이 되어 맑은 연못물 속으로 떨어진다.

어두운 밤에

수만 년 전부터
전해 내려온 하늘에,
하나, 둘, 셋, 별이 흐른다.

할아버지도
아이도
다 지나갔으나
한 청년이 있어, 시를 쓰다가 잠든 밤에……

새

외롭게 살다 외롭게 죽을
내 영혼의 빈 터에
새날이 와, 새가 울고 꽃잎 필 때는,
내가 죽는 날
그 다음날.

산다는 것과
아름다운 것과
사랑한다는 것과의 노래가
한창인 때에
나는 도랑과 나뭇가지에 앉은
한 마리 새.

정감에 그득 찬 계절
슬픔과 기쁨의 주일,
알고 모르고 잊고 하는 사이에
새여 너는

낡은 목청을 뽑아라.

살아서
좋은 일도 있었다고
나쁜 일도 있었다고
그렇게 우는 한 마리 새.

새 2

그러노라고
뭐라고 하루를 지껄이다가,
잠잔다 ──

바다의 침묵, 나는 잠잔다.
아들이 늙은 아버지 편지를 받듯이
꿈을 꾼다.
바로 그날 하루에 말한 모든 말들이,
이미 죽은 사람들의 외마디 소리와
서로 안으며, 사랑했던 것이나 아니었을까?
그 꿈속에서……

하루의 언어를 위해, 나는 노래한다.
나의 노래여, 나의 노래여,
슬픔을 대신하여, 나의 노래는 밤에 잠잔다.

장마

내 머리칼에 젖은 비
어깨에서 허리께로 줄달음치는 비
맥없이 늘어진 손바닥에도
억수로 비가 내리지 않느냐,
비여
나를 사랑해 다오.

저녁이라 하긴 어둠 이슥한
심야라 하긴 무슨 빛 감도는
이 한밤의 골목 어귀를
온몸에 비를 맞으며 내가 가지 않느냐,
비여
나를 용서해 다오.

새

저 새는 날지 않고 울지 않고
내내 움직일 줄 모른다.
상처가 매우 깊은 모양이다.
아시시의 성 프란체스코는
새들에게
은총 설교를 했다지만
저 새는 그저 아프기만 한 모양이다.
수백 년 전 그날 그 벌판의 일몰과 백야는
오늘 이 땅 위에
눈을 내리게 하는데
눈이 내리는데……

주막에서

── 도끼가 내 목을 찍은 그 훨씬 전에 내 안에서 죽어간 즐거운 아
   기를(장 주네)

골목에서 골목으로
거기 조그만 주막집.
할머니 한 잔 더 주세요,
저녁 어스름은 가난한 시인의 보람인 것을……
흐리멍텅한 눈에 이 세상은 다만
순하디순하게 마련인가,
할머니 한 잔 더 주세요.
몽롱하다는 것은 장엄하다.
골목 어귀에서 서툰 걸음인 양
밤은 깊어가는데,
할머니 등뒤에
고향의 뒷산이 솟고
그 산에는
철도 아닌 한겨울의 눈이 펑펑 쏟아지고 있는 것이다.
그 산 너머
쓸쓸한 성황당 꼭대기,
그 꼭대기 위에서

함빡 눈을 맞으며, 아기들이 놀고 있다.
아기들은 매우 즐거운 모양이다.
한없이 즐거운 모양이다.

간 봄

한때는 우주 끝까지 갔단다.
사랑했던 여인
한봄의 산 나무 뿌리에서
뜻 아니한 십 센티쯤의 뱀 새끼같이
사랑했던 여인.
그러나 이젠
나는 좀 잠자야겠다.

새

　최신형 기관총좌를 지키던 젊은 병사는 피비린내 나는 맹수의 이빨 같은 총구 옆에서 지루하기 짝이 없었다. 어느 날 병사는 그의 머리 위에 날아온 한 마리 새를 다정하게 쳐다보았다. 산골 출신인 그는 새에게 온갖 아름다운 관심을 쏟았다. 그 관심은 그의 눈을 충혈케 했다. 그의 손은 서서히 움직여 최신형 기관총구를 새에게 겨냥하고 있었다. 피를 흘리며 새는 하늘에서 떨어졌다. 수풀 속에 떨어진 새의 시체는 그냥 싸늘하게 굳어졌을까. 온 수풀은 성 바오로의 손바닥인 양 새의 시체를 어루만졌고 모든 나무와 풀과 꽃들이 모여들었다. 그리고 부르짖었다. 죄 없는 자의 피는 씻을 수 없다. 죄 없는 자의 피는 씻을 수 없다.

새

저것 앞에서는
눈이란 다만 무력할 따름
가을 하늘가에 길게 뻗친 가지 끝에,
점찍힌 저 절대 정지를 보겠다면……

본다는 것은 무엇인가
있는 것과 없는 것의
미묘하기 그지없는 간극을,
이어주는 다리[橋]는 무슨 상형인가.

저것은
무너진 視界 위에 슬며시 깃을 펴고
피빛깔의 햇살을 쪼으며
불현듯이 왔다 사라지지 않는다.

바람은 소리 없이 이는데
이 하늘, 저 하늘의

순수 균형을
그토록 간신히 지탱하는 새 한 마리.

삼청공원에서
—— 어머니 가시다

1

서울에서 제일 외로운 공원으로 서울에서 제일 외로운 사나이가 왔다. 외롭다는 게 뭐 나쁠 것도 없다고 되뇌면서……이맘때쯤이 그곳 벚나무를 만발하게 하는 까닭을 사나이는 어렴풋이 알 것만 같았다. 벚꽃 밑 벤치에서 滿山을 보듯이 겨우 의젓해지는 것이다. 쓸쓸함이여, 아니라면 외로움이여, 너에게도 가끔은 이와 같은 빛 비치는 마음의 계절은 있다고, 그렇게 노래할 때도 있다고, 말 전해다오.

2

저 벚꽃잎 속에는 십여 넌 전 작고하신 아버지가 생전의 가장 인자했던 모습을 하고 포즈를 취하고 있고, 여섯에 요절한 조카가, 갓 핀 어린 꽃잎 가에서 파릇파릇 웃고 있는 것이다. 어머니, 어머니는 어디 계세요……

새
—— 아폴로에서

참으로 오랜만에 음악을 듣는 것이다. 내 마음의 빈터에 햇살이 퍼질 때, 슬기로운 그늘도 따라와 있는 것이다. 그늘은 보다 더 짙고 먹음직한 빛일지도 모른다.

새는 지금 어디로 갔을까? 골짜구니를 건너고 있을까? 내 마음 온통 세내어 주고 외국 여행을 하고 있을까?

돌아오라 새여! 날고 노래하기 위해서가 아니고! 이 그늘의 외로운 찬란을 착취하기 위하여!

꽃 신동엽

어느 구름 개인 날
어쩌다 하늘이
그 옆얼굴을 내어보일 때,

그 맑은 눈
한곬으로 쏠리는 곳
네 무덤 있거라.

잡초 무더기
저만치 가장자리에
꽃, 그 외로움을 자랑하듯

신동엽!
꼭 너는 그런 사내였다.

아무리 잠깐이라지만
그 잠깐만 두어두고

너는 갔다.

저쪽 저
영광의 나라로!

주일 1

오늘같이 맑은 가을 하늘 위
그 한층 더 위에, 구름이 흐릅니다.

성당 입구 바로 앞
저는 지금 기다리고 있습니다.

입구 지키는 교통순경이
닦기 끝나면, 저도 닦으려고요.

교통순경의 그 마음가짐보다
저가 못한데서야, 말이 아닙니다.

오늘같이 맑은 가을 하늘 위
그 한층 더 위에, 구름이 흐릅니다.

주일 2

1

그는 걷고 있었습니다.
골목에서 거리로,
옆길에서 큰길로,

즐비하게 늘어선
상점과 건물이 있습니다.
상관 않고 그는 걷고 있었습니다.

어디까지 가겠느냐구요?
숲으로, 바다로,
별을 향하여
그는 쉬지 않고 걷고 있습니다.

2

낮에는 찻집, 술집으로
밤에는 여인숙.

나의 길은
언제나 꼭 같았는데……

그러나
오늘은 딴 길을 간다.

회상 1

아름다워라, 젊은 날 사랑의 대꾸는
어딜 가?
어딜 가긴 어딜 가요?

아름다워라, 젊은 날 사랑의 대꾸는
널 사랑해!
그래도 난 죽어도 싫어요!

눈 오는 날 사랑은 쌓인다.
비 오는 날 세월은 흐른다.

편지

점심을 얻어먹고 배부른 내가
배고팠던 나에게 편지를 쓴다.

옛날에도 더러 있었던 일,
그다지 섭섭하진 않겠지?

때론 호사로운 적도 없지 않았다.
그걸 잊지 말아주기 바란다.

내일을 믿다가
이십 년!

배부른 내가
그걸 잊을까 걱정이 되어서

나는
자네한테 편지를 쓴다네.

진혼가
—— 저쪽 죽음의 섬에는 내 청춘의 무덤도 있다(니체)

태고적 고요가
바다를 덮고 있는
그곳.

안개 자욱이
석유불처럼 흐르는
그곳.

인적 없고
후미진
그곳.

새 무덤,
물결에 씻긴다.

국화꽃

오늘만의 밤은 없었어도
달은 떴고
별은 반짝였다.

괴로움만의 날은 없어도
해는 다시 떠오르고
아침은 열렸다.

무심만이 내가 아니라도
탁자 위 컵에 꽂힌
한 송이 국화꽃으로
나는 빛난다!

회상 2

그 길을 다시 가면
봄이 오고,

고개를 넘으면
여름빛 쬔다.

돌아오는 길에는
가을이 낙엽 흩날리게 하고.

겨울은 별수없이
함박눈 쏟아진다.

내가 네게 쓴
사랑의 편지.

그 사랑의 글자에는
그러한 뜻이, 큰 강물 되어 도도히 흐른다.

아가야

해 뜨기 전 새벽 중간쯤 희부연 어스름을 타고 낙심을 이리처럼 깨물며, 사직공원 길을 간다. 행인도 드문 이 거리 어느 집 문 밖에서 서너 살 됨직한 잠옷바람의 앳된 계집애가 울고 있다. 지겹도록 슬피 운다. 지겹도록 슬피 운다. 웬일일까? 개와 큰 집 대문 밖에서 유리 같은 손으로 문을 두드리며 이 애기는 왜 울고 있을까? 오줌이나 싼 그런 벌을 받고 있는 걸까? 자주 뒤돌아보면서 나는 무심할 수가 없었다.

아가야, 왜 우니? 이 인생의 무엇을 안다고 우니? 무슨 슬픔 당했다고, 괴로움이 얼마나 아픈가를 깨쳤다고 우니? 이 새벽 정처없는 산길로 헤매어 가는 이 아저씨도 울지 않는데……

아가야, 너에게는 그 문을 곧 열어줄 엄마손이 있겠지. 이 아저씨에게는 그런 사랑이 열릴 문도 없단다. 아가야 울지 마! 이런 아저씨도 울지 않는데……

음악

　이것은 무슨 음악이지요? 새벽녘 머리맡에 와서 속삭이는 그윽한 소리. 눈물 뿌리며 옛날에 듣던 이 곡의 작곡가는 평생 한 여자를 사랑하다 갔지요? 아마 그 여자의 이름은 클라라일 겝니다. 그의 스승의 아내였지요? 백 년 이백 년 세월은 흘러도 그의 사랑은 아직 다하지 못한 모양입니다. 그래서 오늘 새벽녘 멀고 먼 나라 엉망진창인 이 파락호의 가슴에까지 와서 울고 있지요?

귀천

나 하늘로 돌아가리라
새벽빛 와 닿으면 스러지는
이슬 더불어 손에 손을 잡고,

나 하늘로 돌아가리라
노을빛 함께 단둘이서
기슭에서 놀다가 구름 손짓하면은,

나 하늘로 돌아가리라
아름다운 이 세상 소풍 끝내는 날,
가서, 아름다웠더라고 말하리라……

들국화

산등성 외따론 데,
애기 들국화.

바람도 없는데
괜히 몸을 뒤누인다.

가을은
다시 올 테지.

다시 올까?
나와 네 외로운 마음이,
지금처럼
순하게 겹친 이 순간이 ——

한낮의 별빛
── 새

돌담 가까이
창가에 흰 빨래들
지붕 가까이
　애기처럼 고이 잠든
　한낮의 별빛을 너는 보느냐……

슬픔 옆에서
지겨운 기다림
사랑의 몸짓 옆에서
　맴도는 저 세상 같은
　한낮의 별빛을 너는 보느냐……

물결 위에서
바윗덩이 위에서
사막 위에서
　극으로 달리는
　한낮의 별빛을 너는 보느냐……

새는
온갖 한낮의 별빛 계곡을 횡단하면서
울고 있다.

크레이지 배거번드

1

오늘의 바람은 가고
내일의 바람이 불기 시작한다.

잘 가거라
오늘은 너무 시시하다.

뒷시궁창 쥐새끼 소리같이
내일의 바람이 불기 시작한다.

2

하늘을 안고,
바다를 품고,
한 모금 담배를 빤다.

하늘을 안고,
바다를 품고,
한 모금 물을 마신다.

누군가 앉았다 간 자리
우물가, 꽁초 토막……

서대문에서
—— 새

지난날, 너 다녀간 바 있는 무수한 나뭇가지 사이로 빛은
가고 어둠이 보인다. 차가웁다. 죽어가는 자의 입에서 불어
오는 바람은 소슬하고, 한 번도 정각을 말한 적 없는 시계탑
침이 자정 가까이에서 졸고 있다. 계절은 가장 오래 기다린
자를 위해 오고 있는 것은 아니다.

너 새여……

미소
—— 새

1

입가 흐뭇스레 진 엷은 웃음은,
삶과 죽음 가에 살짝 걸린
실오라기 외나무다리.

새는 그 다리 위를 날아간다.
우정과 결심, 그리고 용기
그런 양 나래 저으며……

풀잎 슬몃 건드리는 바람이기보다
그 뿌리에 와 닿아주는 바람,
이 가슴팍에서 빛나는 햇발.

오늘도 가고 내일도 갈
풀밭 길에서
입가 언덕에 맑은 웃음 몇 번인가는……

2

햇빛 반짝이는 언덕으로 오라
나의 친구여,

언덕에서 언덕으로 가기에는
수많은 바다를 건너야 한다지만,

햇빛 반짝이는 언덕으로 오라
나의 친구여……

나의 가난은

오늘 아침을 다소 행복하다고 생각는 것은
한 잔 커피와 갑 속의 두둑한 담배,
해장을 하고도 버스값이 남았다는 것.

오늘 아침을 다소 서럽다고 생각는 것은
잔돈 몇 푼에 조금도 부족이 없어도
내일 아침 일도 걱정해야 하기 때문이다.

가난은 내 직업이지만
비쳐오는 이 햇빛에 떳떳할 수가 있는 것은
이 햇빛에도 예금통장은 없을 테니까……

나의 과거와 미래
사랑하는 내 아들딸들아,
내 무덤가 무성한 풀섶으로 때론 와서
괴로웠음 그런대로 산 인생 여기 잠들다. 라고,
씽씽 바람 불어라……

간의 반란

육십 먹은 노인과 마주 앉았다.
걱정할 거 없네,
그러면 어쩌지요?
될 대로 될 걸세……

보지도 못한 내 간이
괘씸하게도 쿠데타를 일으켰다.
그 쪼무래기가 뭘 할까만은
아직도 살고픈 목숨 가까이 다가온다.

나는 원래 쿠데타를 좋아하지 않는다.
그 수습을
늙은 의사에게 묻는데,
대책이라고는 시간 따름인가!

김관식의 입관

심통한 바람과 구름이었을 게다. 네 길잡이는.
고단한 이 땅에 슬슬 와서는
한다는 일이
가슴에서는 숱한 구슬.
입에서는 독한 먼지.
터지게 토해 놓고,
오늘은 별일 없다는 듯이
싸구려 관 속에
삼베옷 걸치고
또 슬슬 들어간다.
우리가 두려웠던 것은,
네 구슬이 아니라,
독한 먼지였다.
좌충우돌의 미학은
너로 말미암아 비롯하고.
드디어 끝난다.
구슬도 먼지도 못 되는

점잖은 친구들아,
이제는 당하지 않을 것이니
되레 기뻐해 다오.
김관식의 가을 바람 이는 이 입관을.

불혹의 추석

침묵은 번갯불 같다며,
아는 사람은 떠들지 않고
떠드는 자는 무식이라고
노자께서 말했다.

그런 말씀의 뜻도 모르고
나는 너무 덤볐고,
시끄러웠다.

혼자의 추석이
오늘만이 아니건마는
더 쓸쓸한 사유는
고칠 수 없는 병 때문이다.

막걸리 한 잔,
빈촌 막바지 대폿집
찌그러진 상 위에 놓고,

어버이의 제사를 지낸다.

다 지내고
음복을 하고
나이 사십에,
나는 비로소
나의 길을 찾아간다.

한 가지 소원

나의 다소 명석한 지성과 깨끗한 영혼이
흙 속에 묻혀 살과 같이
문드러지고 진물이 나 삭여진다고?

야스퍼스는
과학에게 그 자체의 의미를 물어도
절대로 대답하지 못한다고 했는데 ──

억지밖에 없는 엽전 세상에서
용케도 이때껏 살았나 싶다.
별다른 불만은 없지만,

똥걸레 같은 지성은 썩어버려도
이런 시를 쓰게 하는 내 영혼은
어떻게 좀 안 될지 모르겠다.

내가 죽은 여러 해 뒤에는

꾹 쥔 십 원을 슬쩍 주고는
서울길 밤버스를 내 영혼은 타고 있지 않을까?

만추
—— 주일

내년 이 꽃을 이을 씨앗은
바람 속에 덧없이 뛰어들어 가지고,
핏발 선 눈길로 행방을 찾는다.

숲에서 숲으로, 산에서 산으로,
무전여행을 하다가
모래사장에서 목말라 혼이 난다.

어린 양 한 마리 돌아오다.
땅을 말없이 다정하게 맞으며,
안락의 집으로 안내한다.

마리아.
나에게도 이 꽃의 일생을 주십시오.

小陵調
—— 70년 추석에

아버지 어머니는
고향 산소에 있고

외톨박이 나는
서울에 있고

형과 누이들은
부산에 있는데,

여비가 없으니
가지 못한다.

저승 가는 데도
여비가 든다면

나는 영영
가지도 못하나?

생각노니, 아,
인생은 얼마나 깊은 것인가.

은하수에서 온 사나이
―― 윤동주론

1

깊은 밤
멍청히 누워 있으면
어디선가 소리가 난다.
방안은 캄캄해도
지붕 위에는
별빛이 소복이 쌓인다.
그 무게로 살짝 깨어난 것일까?
그 지붕 위 별빛 동네를 걷고 싶어도
나는 일어나기가 귀찮아진다.
가만히 귀 기울이면
소리가 난다.
무슨 소리일까?
지붕 위
별빛 동네 선술집에서
누가 한잔하는 모양이다.

궁금해 귀를 쭈뼛하면
주정뱅이 천사의 소리 같기도 하고,
도스토예프스키의 소리 같기도 하고,
요절한 친구들의 소리 같기도 하고……
아닐 게다.
저놈은
내 방을 기웃하는 도적놈이다.
그런데 내 방에는 훔쳐질 만한 물건이 없다.
생각을 달리해야지.
지붕 위에는 별이 한창이다.
은하수에서 온 놈일지도 모른다.
그래도 나는 겁이 안 난다.
놈도
이 먼데까지 와서
할 일 없이 나를 살피지는 않을 것이다.
들어오라 해도
말이 통하지 않을 텐데……

그런데도 뚜렷한 우리말로
한 마디 남기고
놈은 떠났다.
「아침 해장은 내 동네서 하시오」
건방진 자식이었는가 보다.

2

비칠 듯 말 듯
아스름히 닿아 오는
저 별은,
은하수 가운데서도
제일 멀다.
이억 광년도 넘을 것이다.
그 아득한 길을
걸어가는지,

버스를 타는지,
택시를 잡는지는 몰라도,
무사히 가시오.

그날은

── 새

이젠 몇 년이었는가
아이론 밑 와이셔츠같이
당한 그날은……

이젠 몇 년이었는가
무서운 집 뒤창가에 여름 곤충 한 마리
땀 흘리는 나에게 악수를 청한 그날은……

내 살과 뼈는 알고 있다.
진실과 고통
그 어느 쪽이 강자인가를……

내 마음 하늘
한편 가에서
새는 소스라치게 날개 편다.

꽃의 위치에 대하여

꽃이 하등 이런 꼬락서니로 필 게 뭐람
아름답기 짝이 없고 상냥하고 소리 없고
영 터무니없이 超大人的이기도 하구나.

현명한 인간도 웬만큼 해서는 당하지 못하리니……
어떤 절색황후께서도 되레 부끄러워했을 것이다.
이런 이름 짓기가 더러 있었지 않은가 싶다.

미스터 유니버시티일지라도 우락부락해도……
과연 이 꽃송이를 함부로 꺾을 수가 있을까……
한다는 수작이 그 찬송가가 아니었을까……

이스라엘 민족사
—— 주일

볼프강 헤겔은 〈역사철학〉 개념 정립 때문에 각 민족의 역사를 두루 살폈습니다. 그 나라 그 민족만의 냄새가 안 나는, 가장 보편적인 인류의 역사와 맞먹는, 민족사를 찾았습니다. 누가 영국사를 권했지요. 불만이었습니다. 헤겔은 드디어 히브리사 이스라엘 민족사로서 비로소 〈역사철학〉 개념 정립의 터전을 닦았습니다. 『구약』이지요? 그 간난과 고초지요? 하나님, 저의 지난날, 내일도 살아갈 연월이 이스라엘 민족사이고자 원하며 웁니다.

광화문에서

　아침길 광화문에서 〈눈물의 여왕〉 그녀의 장례 행진을 본다. 만장이 나부끼고, 악대가 붕붕거리고, 여러 대의 차와 군중이 길을 메웠다. 나는 곰곰이 생각해 보았다. 죽은 내 아버지도 〈눈물의 여왕〉 그녀의 열렬한 팬이었댔지…… 아니다. 그런 것이 아니다. 문인들 장례식도 예총광장에서 더러 있었다. 만장도 없고, 악대는커녕, 행진은커녕 아주 형편없는, 초라하기 짝이 없는 모임이었다. 그 초라함을 위해서만이 그들은 〈시〉를 썼다.

편지

1

아버지 어머니, 어려서 간 내 다정한 조카 영준이도, 하늘
나무 아래서 평안하시겠지요. 그새 시인 세 분이 그 동네로
갔습니다. 수소문해 주십시오. 이름은 조지훈 김수영 최계
락입니다. 만나서 못난 아들의 뜨거운 인사를 대신해 주십
시오. 살아서 더없는 덕과 뜻을 저에게 주었습니다. 그리고
자주 사귀세요. 그 세 분만은 저를 욕하진 않을 겝니다. 내내
안녕하십시오.

2

아침 햇빛보다
더 맑았고

전세계보다

더 복잡했고

어둠보다
더 괴로웠던 사나이들,

그들은
이미 가고 없다.

눈

고요한데 잎사귀가 날아와서
네 가슴에 떨어져 간다

떨어진 자리는
오목하게 패인

그 순간 앗 할 사이도 없이
네 목숨을 내보내게 한
상처 바로 옆이다

거기서 잎사귀는
지금 일심으로
네 목숨을 들여다보며 너를 본다

자꾸 바람이 불어오고
또 불어오는데
꼼짝 않고 상처를 지키는 잎사귀

그 잎사귀는 눈이다 눈이다
맑은 하늘의 눈 우리들의 눈 분노의
너를 부르는 어머니의 눈물어린 눈이다

내 집

  누가 나에게 집을 사주지 않겠는가? 하늘을 우러러 목 터지게 외친다. 들려다오 세계가 끝날 때까지…… 나는 결혼식을 몇 주 전에 마쳤으니 어찌 이렇게 부르짖지 못하겠는가? 천상의 하나님은 미소로 들을 게다. 불란서의 아르튀르 랭보 시인은 영국의 런던에서 짤막한 신문광고를 냈다. 누가 나를 남쪽 나라로 데려가지 않겠는가. 어떤 선장이 이것을 보고, 쾌히 상선에 실어 남쪽 나라로 실어주었다. 그러니 거인처럼 부르짖는다. 집은 보물이다. 전세계가 허물어져도 내 집은 남겠다……

水落山邊

풀이 무성하여, 전체가 들판이다.
무슨 행렬인가 푸른나무 밑으로.
하늘의 구름과 질서 있게 호응한다.

일요일의 人列은 만리장성이다.
수락산정으로 가는 등산행객.
막무가내로 가고 또 간다

기후는 안성맞춤이고,
땅에는 인구.
하늘에는 송이 구름.

水落山下邊 5

우리 집도 초가요 옆집도 초가야.
우리 집 주인은 서울 백성.
옆집 사람과는 인사한 적이 없다.

길을 건너고 대하고 있으니,
옆집의 위치는,
아프리카 대륙이다.

우리 집에는 주인 말고도 세 가구가 있다.
그러니 인구밀도가 국제적이다.
무려, 열네 사람이나 되니.

우리 집은 한 마리밖에 없는 개를 팔다니,
신문에 나는 개발도상국가인가?
옆집은 TV안테나가 섰으니,
선진국이다.

나는 우리 집 주인의 이름도 알고,
친절하기가 극진하지마는,
옆집 주인은 〈예수-그리스도〉인가?

서울, 평양 직통전화 8

밤 입구 때에
밤버스를 타게 된 것도
예정보다 빨리 떠나주는 것도
차장들이 매우 인정스레 구는 것도
정류소마다 울타리의 승객이 소리 없는 것도
동승 여자가 한결같이 미인인 것도
같이 탄 아내가 오늘따라 예쁘장한 것도
아내가 내 손아귀를 만지는 것도
부끄럽지 않고 되레 떳떳한 것도
거지반 목적지에 가까워진 것도
버스 속력이 평소보다 빠른 것도
상계동에 와서 서주는 것도
모조리 요새야말로 들리기 시작한 굉장히 좋은 소식 덕
분인가……

水落山下邊

하늘은 천국의 메시지.
구름은 번역사.
내일은 비다.

수락산은, 불쾌하게 돌아앉았다.
등산객은 일요일의 군중.
수목은 지상의 평화.

초가는 농가의 상징.
서울 중심가는 약 한 시간.
여기는 그저 태평천하다.

나는 낮잠자기에 一心이다.
꿈에서 메시지를 번역하고,
용이 한 마리, 나비가 된다.

비 7

8월 장마비는 늦은뱅이다.
농사에는 알맞아 들 테지마는,
인간에겐 하찮은 쓰레기일 것이니……

먼데 제주도 생각이 불현듯 나니……
아직 한 번도 못 가본 제주도여,
마치 런던 옆에나 있는 것이 아니냐.

애오라지 못 갈 바에야,
바닷가로나 가서 먼데까지 가야지……
그러면은 그 섬 향기가 날지도 모른다.

비 8

백두산 천지에는
언제나 비가 쏟아진다더냐……
단군 할아버지께서 우산을 쓰셨겠다.

압록강의 원류가 큰소리를 칠 것이니
頂岩이 소용돌이를 쳐
범조차 그 공포에 흐늘흐늘일 것이다.

백운을 읊는 고전시는 있어도,
이 산을 읊는 고전시는 없었다.
그러니 내가 읊는 수밖에 없지 않느냐.

비 9

나뭇잎이 후줄근히 비를 맞는다.
둥치도 맞고 과일도 그러하다.
표면이란 표면은 같은 운명이다.

냇물도 맞으니
이건 손자가 할아버지하고 악수하는 격이다.
동네 사람들이 보고 흐뭇할 수밖에……

숲속 부락은 축제나 마찬가지다.
아낙네들은 내일 일을 미리 장만하고,
남편들은 아름드리 술 퍼먹기에 바쁘다.

비 10

이 비는 무적함대
나는 그 사령관인 양 바다를 호령하여,
승리를 위하여 만전을 다한다.

실지로는 우산을 받치고 길을 가지마는.
옆가의 건물들이 군함으로 보이고,
제독은 외로이 세상을 감시한다.

가로수들이 마스트로 보이고,
그 잎잎들이 신호기이니,
천하만사가 하느님 섭리대로 나부낀다.

비 11

빗물은 대단히 순진무구하다.
하루만 비가 와도,
어제의 말랐던 계곡물이 불어 오른다.

죽은 김관식은
사람은 강가에 산다고 했는데,
보아하니 그게 진리대왕이다.

나무는 왜 강가에 무성한가,
물을 찾아서가 아니고
강가의 정취를 기어코 사랑하기 때문이다.

비

2

저 구름의 連連한 부피는
온 하늘을 암흑대륙으로 싸았으니
괴수는 그냥, 비만 내리니 천만다행이다.
지금 장마철이니

저 암흑대륙에 저 만리장성이다.
우렛소리 또한 있을 만하지 않은가.

우주야말로 신비경이 아니냐?
달과 별은 한낮엔 어디로 갔단 말이냐?
비는 그 청신호인지 모르지 않느냐?

3

새벽같이 올라와야 했던
이 약수는
몇 월 며칠의 빗물인지도 모르겠다.

산과 옆의 바다는 알 터이나,
하늘과 구름은 뻔히 알겠지만,
입이 없으니, 안타까울 따름이다.

이 약수를 마시는 데는 지장이 없고,
맛이 달라질 수는 없을 것이니
재수형통만 빌 뿐이다.

4

상식적으로 비는 삼라만상 위에 내린다.
그런데 지붕뿐인 줄 알고,
내실의 꽃병은 아니 맞는 줄 안다.

생각해 보라
삼라만상은 이 우주의 전부이다.
그러니 그 꽃병도 한참 맞고 있는 것이다.

생리는 그 꽃병을 안 맞게 하지만
실존은 그 꽃병의 진짜 정신을
지붕 위에 있게 하여 비를 맞는 것이다.

5

물의 원소는
수소 두 개와 산소이지만
벌써 중학생 때 익히 알았다.

그런데 알 수 없는 것은
그 수소와 산소 뒤에는
도대체 무엇이 들어 있단 말인가……

공포할 만한 야수가 들어 있다.
수소 뒤에는 수소폭탄이,
산소 뒤에는 원자폭탄이……

6

나는 국민학교 때는
비가 오기만 하면
학교엘 가지 아니하였다.

이제는 천국에 가신 어머니에게
한사코 콩을 볶아달라고 하여
몸이 아프다고 핑계했었다.

이제는 나가겠으나
이미 나이가 사십이니
이 세계를 거꾸로 한들 소용이 없다.

고목 2

이 고목은 볼수록
하늘 날씨를 지시하는 것 같다.
오늘은 맑은 날씨다.

내 그늘이 길다.
바둑이가 신기한 듯, 쳐다본다.
꼬리를 살살 흔든다.

날씨까지 지시하니,
무엇을 못 할 것인가……
말을 못 하는 게 안타까울 뿐이다.

적십자회담

평양에서,
일차회의가 열리고,
서울에서
이차회의가 열렸다.
남북대화는
깊어간다.
이산가족보다 중요한 건,
오천만 염원이다.
그 염원은,
피와 땀 위에 맺힌다.
대표들이,
푸짐한 대접을 받았다니,
그건 꼭,
서로의 통일에 대한,
간절한 생각이다.

봄소식

입춘이 지나니 훨씬 덜 춥구나!
겨울이 아니고 봄 같으니,
달력을 아래위로 쳐다보기만 한다.

새로운 입김이며,
그건 대지의 作亂인가!
꽃들도 이윽고 만발하리라.

아슴푸레히 반짝이는 태양이여.
왜 그렇게도 외로운가.
북극이 온지대가 될 게 아닌가.

바다

냇물은 흘러서 바다로 간다.
바다는 거의 맘먹을 수 없을 만큼 넓고 크다.

이 큰 바다에는 쉼 없이 플랑크톤이 있고,
이 플랑크톤을 습격하는 고기들,
그 고기들이 많은 곳이다.
내일은 풍어기를 맞는 배의 대군이
하릴없이 나다닐 것이다.

동그라미

동그라미는 여자고 사각은 남자다.
동그라미와 사각형을 두 개 그리니까
꼭 그렇게만 보여진다.

상냥하고 자비롭고 꾸밈새 없는
엄마의 눈과 젖
손바닥과 얼굴이 다 둥글다.

울뚝불뚝하고
매서운 아버지의 눈과 입,
손목과 발힘이 네 개나 된다.

계곡물

평면적으로 흐르는 의젓한 계곡물.
쉽 없이 가고 또 가며,
바다의 지령대로 움직이는가!
나무 뿌리에서 옆으로 숨어서 냇가에 이르고,
냇가에서 아래로만 진군하는 물이여

사랑하는 바위를 살짝 끼고,
고기를 키우기도 하며,
영원히 살아가는 시냇물의 생명이여!

仙境

이 빗물은 바위와 바위틈 사이로
흘러가는 이 물덩이는 眞淸味한 素質液 ── .
밑바닥 돌이 다이아몬드인 양 조명적이다.
심산 골짜기 靜致에 물은 수정 같으니……
생명의 근원을 지배하듯 하는 것은
바다의 무게보다 더 중량감이 있다
사람이 산보하듯 물은 아래로 흐른다.
바다의 무게보다 더 중량감이 있다
사람이 산보하듯 물은 아래로 흐른다.
그 도중에 전시된 흥망성쇠는
물이 그여히 영원으로, 영원으로 흐르는 것을 모른다.

변두리

이 근처는 버스로 도심지까지 가려면
약 1시간이 걸리는 변두리.
수락산 아랫마을이다.

물 좋고 산 좋은 이곳,
사람도 두터운 인심이다.
그래서 살기 좋은 고장이다.

오늘은 부실 보실 비가 오는데,
날은 음산하고 봄인데도 춥다.
그래서 나는 이곳이 좋아 이곳이 좋아.

8월의 종소리

저 소리는 무슨 소리일까?
땅의 소리인가?
하늘 소리인가?

한참 생각하니, 종소리.
멀리 멀리서 들리는 소리.

저 소리는 어디까지 갈까?
우주 끝까지 갈지도 모른다.
땅속까지 스밀 것이고,
천국에서도 들릴 것인가?

시냇물가 3

이 시냇물은
수락산에서 발류하였으니
기어코 한강에 삽입할 것임에 틀림없다.

그러니 서울의 혈로요 수류이다.
시민들이 모름지기 그 덕화를 입을 것이니
인격과 품성이 월등할 까닭이다.

기어이 바다에 들 것이니
세계 七海는 서울 시민과는 무관하지 않다.
왜 수락산정에 등산객이 가는가……

시냇물가 2

풍경이 아름답게 펴진 것은 인류의 운명이다.
이 운명의 상한체는 별이고,
하한체는 지구의 한복판에 이른다.

강물과 계곡은 이 풍경의 핵이며
유동하는 지구 표면의 절색이며
사람들에게 끊임없는 용기를 주어왔다.

별과 지구는 이 우주의 한 부분이고
강물과 계곡은 美色이고
바다는 이 지구의 철학인 것을……

시냇물가 5

시냇물이 세차게 흘러가며
심지어 파도나 파도를 쳤다.
바위에 부딪혀, 물결이 거세게 화를 냈다.

어제와 지난밤에 비가 억수로 왔으니
산에 내린 물이 소나무 밑으로 헤매다가
드디어 계곡에 집합하여 이 꼴이다.

산세와 지세가 바다보다 높아서
자연히 밑으로 물이 흐를 수밖에,
그렇지만 오늘같이 怒濤를 치는 것은 처음이다.

心信錄 1

信心이 보통인데,
나는 왜 거꾸로 心信인가?
유다른 까닭은 다음에……

믿는 마음이 아니고,
나는 마음을 믿는다.
마음을 굳게 굳게 믿는다.

내게는 믿는 마음밖에 없고,
賤富도 없고,
가진 것이 없는 바이다.

人生序歌 2

인생이란 무엇이며,
인생이란 철학은 어떻게 말하는가.
인생이란 궁극적으로 무엇인가…….

개미는 땅을 기게 마련이며,
나비는 하늘하늘 날아다니게 마련이다.
자연은 그런대로 섭생인 것이다.

旗도 나부끼고 꽃도 나부끼고,
공명도 있고 廢家도 있으니,
나의 영광은 오직 고독일 따름이다.

人生序歌 3

격언은 진리 이상이야,
진리는 합리주의 의존이고
인생은 진리의 수박 겉핥기이다.

인간은 체험만이 그것에 반역한다.
경력은 흥망성쇠의 골짜구니.
모든 자리는 세월의 액세서리.

내 친구는 거의 모든 것에,
통달했지만 모습이 바보고,
인생은 바보까지 관대하게 처분한다.

땅

나도 땅을 가지고 싶다.
내가 좋아하는 민병하 선생님도
수원 근처에 오천 평이나 가졌는데……

싼 땅이라도 좋으니
한 평이라도 땅을 가지고 싶다.
땅을 가졌다는 것은 얼마나 좋으랴……

땅을 가지고 싶지만,
돈이 있어야 한다.
돈을 많이 벌어야겠다.

땅을 가지고 있으면,
초목을 가꾸고,
꽃을 심겠다.

선경 1
── 풀

이 풀의 키는 약 1척이나 된다.
잎을 미묘히 늘어뜨린 모양은,
궁녀 같기도 하고 황후 같기도 하다.

빛깔은 푸른데 그냥 푸른 것이 아니고
농염미가 군데군데 끼인 채,
긴 잎을 늘어뜨리니 가관이다.

엷은 느낌이 날개 있으면 날 것 같고
유독히 그 자리에 자라난 것은,
흙 속에 뿌리박은 뿌리의 은덕이다.

밤비

밤비가 차갑게 내린다.
하늘을 적시고,
공기를 적시고, 땅을 적시고 ——

내일도 내릴는지
모레도 다소 내리게 될지 ——
그것을 내가 어이 알리오?

차가운 밤비가 소릇이 내린다.
나는 저 밤비에
다소곳이 젖어보고 싶다.

동창

지금은 다 뭣들을 하고 있을까?
지금은 얼마나 출세를 했을까?
지금은 어디를 걷고 있을까?

점심을 먹고 있을까?
지금은 이사관이 됐을까?
지금은 가로수 밑을 걷고 있을까?

나는 지금 걷고 있지만,
굶주려서 배에서 무슨 소리가 나지마는
그들은 다 무엇들을 하고 있을까?

낚시꾼

일심으로 찌를 본다.
열심히 보는 찌는 꽃과 같다.
언제 나비처럼 고기가 올까?

조용하디조용한 강가
아무도 안 보는 데서
나는 정신의 호흡을 쉴 줄 모른다.

드디어 찌가 움찍하더니
나는 고기 한 마리의 왕
승리한 양 나는 경치를 본다.

희망음악

KBS라디오의 희망음악은,
아침 9시 5분에서 10시까지인데,
나는 매일같이 기어코 듣는다.

고전음악의 올림픽이요 대제인
고전음악시간을 내가 듣는 것은,
진짜로 희망이 우러나는 까닭이다.

나는 바흐와 브람스를 좋아하는데,
바흐는 나왔으나 브람스가 안 나왔다.
내일은 브람스가 나올 테지요.

길

가도 가도 아무도 없으니
이 길은 無人의 길이다.
그래서 나 혼자 걸어간다.
꽃도 피어 있구나.
친구인 양 이웃인 양 있구나.
참으로 아름다운 꽃의 생태여 ──.
길은 막무가내로 자꾸만 간다.
쉬어 가고 싶으나
쉴 데도 별로 없구나.
하염없이 가니
차차 배가 고파온다.
그래서 음식을 찾지마는
가도 가도 무인지경이니
나는 어떻게 할 것인가?
한참 가다가 보니
마을이 아득하게 보여온다.
아슴하게 보여진다.

나는 더없는 기쁨으로
걸음을 빨리빨리 걷는다.
이 길을 가는 행복함이여.

선경
—— 다람쥐

이 새벽에 다람쥐는 왜 일찍 깨어나는가 ——
엄마꿈을 꾸다가 불시에 깨어난 게 아닐까?
계곡 가에 있는 것은 세수생각 때문이 아닐까?

옆의 아내 말을 따르면,
다람쥐는 알밤과 도토리를 잘 먹는다는데,
그건 식량으로서가 아니라 진미로서가 아닐까?

나뭇가지를 빨리 가는 동태는,
무구한 작란이요, 순진한 스포츠다.

약수터

내가 새벽마다 가는 약수터 가에는
천하선경이 아름드리 퍼진다.
요순이 놀까말까한 절대미경이라네.

하긴 그곳에 벌어지는 사물은 평범하지만,
나무, 꽃, 바위, 물, 등등이지만,
그 조화미의 和睦色은 순진하다네.

반드시 있을 곳에 자리잡고 있고,
운치와 조화와 빛깔이 혼연일치하니,
이 세계의 극치를 이루었다.

넋

넋이 있느냐 없느냐, 라는 것은,
내가 있느냐 없느냐고 묻는 거나 같다.
산을 보면서 산이 없다고 하겠느냐?
나의 넋이여
마음껏 발동해 다오.
내 몸의 모든 움직임은,
바로 내 넋의 발동일 것이니,
내 몸은 바로 넋의 가면이다.
비 오는 날 내가 다소 우울해지면,
그것은 즉 넋이 우울하다는 것이다.
내 넋을 전세계로 해방하여
내 넋을 널찍하게 발동케 하고 싶다.

기쁨

친구가 멀리서 와,
재미있는 이야길 하면,
나는 킬킬 웃어 제낀다.

그때 나는 기쁜 것이다.
기쁨이란 뭐냐? 라고요?
허나 난 웃을 뿐.

기쁨이 크면 웃을 따름,
꼬치꼬치 캐묻지 말아라.
그저 웃음으로 마음이 찬다.

아주 좋은 일이 있을 때,
생색이 나고 활기가 나고
하늘마저 다정한 누님 같다.

계곡

수락산 자락에는
이상적인 계곡이 있다.
여름에는 숱한 인파다.

물이 왜 이리 맑은가.
바위들도 매우 겸손하다.
나는 이것들로부터 배움이 많다.

산자락의 청명한 공기여.
아취로운 절간이여,
푸르디푸른 등성이의 숲이여.

희망

내일의 정상을 쳐다보며
목을 뽑아 손을 들어
오늘 햇살을 간다.

한 시간이 아깝고 귀중하다.
일거리는 쌓여 있고
그러나 보라 내일의 빛이
창이 앞으로 열렸다.
그 창 그 앞 그 하늘!
다만 전진이 있을 따름!

하늘 위 구름송이 같은 희망이여!
나는 동서남북 사방을 이끌고
발걸음도 가벼이 내일로 간다.

길

길은 끝이 없구나
강에 닿을 때는
다리가 있고 나룻배가 있다.
그리고 항구의 바닷가에 이르면
여객선이 있어서 바다 위를 가게 한다.

길은 막힌 데가 없구나
가로막는 벽도 없고
하늘만이 푸르고 벗이고
하늘만이 길을 인도한다.
그러니
길은 영원하다.

촌길

아스팔트로 포장 안 된 길을
나는 매우 좋아한다.
돌이 울뚝불뚝한 길바닥,
市井人 집이 옹기종기 붙은 길.
흙냄새 그윽한 시골길.

이 촌길을 걷고 있으면
나는 고대인의 후손.
정서는 옛사람이 더 풍부했다.
고대문명으로 천천히 가는 길.

흰 구름

저 삼각형의 조그마한 구름이,
유유히 하늘을 떠다닌다.
무슨 볼 일이라도 있을까?
아주 천천히 흐르는 저것에는,
스쳐 지나는 바람이 있을 뿐이다.
그래서 바람이 부는 곳으로,
구름은 어김없이 간다.
희디흰 구름이여!
구름에게는 계절이 없다.
어느 계절이든지,
구름은 전연 상관 않는다.
오늘이 내일이 되듯이
구름은 유유하게 흐른다.

항복

　항복은 심리적으로 제로에 가까운 공백 상태에 가깝지
않을까? 그래도 졌다는 허무한 작용심으로, 공허한 공간 속
에 내던져진 마음일 것이다. 허깨비에게 연행당한 기분이 되
어, 자신의 비현실적인 浮上을 감각할 것이리라. 남아 있는
자각심은 되레 적에 대한 경각심이 되지 않을까? 이건 항복
직후의 심리 상태일 것이고 ── .
　월남이 공산당에게 항복했다. 이것은 전세계의 비극이다.
그렇지만 자유진영은 건재한다. 자유와 진리는 항복의 차원
과는 전연 다르다. 개인적으로는 항복의 차원을 우리는 단연
코 거부한다.

계곡 흐름

나는 수락산 아래서 사는데,
여름이 되면
새벽 5시에 깨어서
산 계곡으로 올라가
날마다 목욕을 한다.
아침마다 만나는 얼굴들의
제법 다정한 이야기들.

큰 바위 중간 바위 작은 바위.
그런 바위들이 즐비하고
나무도 우거지고
졸졸졸 졸졸졸
윗바위에서 떨어지는 물소리.

더러는 무르팍까지
잠기는 물길도 있어서……
(내가 가는 곳은 그런 곳)

목욕하고 있다 보면
계곡 흐름의 그윽한 정취여…….

꽃은 훈장

꽃은 훈장이다.
하느님이 인류에게 내리신 훈장이다.
산야에 피어 있는 꽃의 아름다움.

사람은 때로 꽃을 따서 가슴에 단다.
훈장이니까 할 수 없는 일이다.
얼마나 의젓한 일인가.

인류에게 이런 은총을 내린 하느님은
두고 두고 축복되어 마땅한 일이다.
전진을 거듭하는 인류의 슬기여.

무덤

동양의 무덤은 자연주의 같고
서양의 무덤은 합리주의 같고
동양의 무덤은 地然合一이고
서양의 무덤은 편리 위주이고

물과 흙,
부드러운 선과 부피,
아름드리 고요한 분위기,
이것이 우리 무덤의 모습이고 ──

빈틈없이 짜여진 공간 속에
되도록 조그마한 부피로 섰는 십자가 찾는 사람 별로 없
는 곳
이것이 코쟁이의 무덤 모습이고 ──

우리 집 산소는
경남 창원군 진북면

대티마을 뒷산인데
1년에 한 번씩 설날에 찾아간다.

바위

수억 년 전부터 지킨 자리
곧이곧대로 맹탕 지키는
꿋꿋한 참을성의 權化

계곡 바위의 연속성
참으로 장관이다.
큰 것 작은 것 질서 없네

둥근 것 모난 것 각형인 것,
새소리조차 완전 무시하는
바위 모습은 좋을 따름.

밤하늘

북두칠성이 북극성 가까이
그리고 은하수가 높디높게
발하는 빛으로 엄숙한 존재.

쏟아져 내리는 별빛 속에
억 년 전과 현대가 공존하는 공간.
도대체 밤하늘의 실재는 뭔가?

어릴 때 고향 하늘은 무궁했지만
오늘은 더욱 무궁하다.
고전 하늘과 현대 하늘이 달에서 만났다.

달

달을 쳐다보며 은은한 마음,
밤 열시경인데 뜰에 나와
만사를 잊고 달빛에 젖다.

우주의 신비가 보일 듯 말 듯
저 달에 인류의 족적이 있고
우리와 그만큼 가까워진 곳.

어릴 때는 멀고 먼 것
요새는 만월이며 더 아름다운 것
구름이 스치듯 걸려 있네.

무제

모래알 사장이 깔렸고
모래알은 너무도 지나치게 적다.
모래는 물결과 더불어 한 군데로 몰려드누나.
큰 배는 항구의 바다로 직접 흘러들어오고,
작은 물결이 실같이 가운데로 들고,
큰 골짜기는 근처의 계곡에 있었다.

    砂甚小粒 砂流壹直

    船入港入 波濤極甚

    小波點中 大谷間溪

易

大鑛하고 애오라지 隔漠하신 하느님의 나라에는
勸健하신 望法이 있느니라.
노자를 비롯하여 도학자들과 그 제자들은.
비로소 그 도학자들은 그 술법을 가르쳤는지라.
中華의 여러 백성들은
일깨우침이 多大하였는지라.
平太平이 간간이 장구하였노라.

바다 생선

바다 생선은 각종각류이지만
무엇보다 바닷물이 선결 조건이다.
하기야 우리를 비롯한 인간도 수분이 꽉 차 있다.

플랑크톤이 제일 작은 생선일 것이다.
힘이 약하고 작은 것은
유력하고 덩치가 큰 놈이 처먹게 마련.

인류의 플랑크톤은
어떻게 잔존할 수가 있었던 것일까?
불가사의한 사실이다.

맛도 괜찮고 양분소도 많다.
칼로리는 오징어가 많다는데
알다가도 모를 만한 일이다.

나는 생선을 매우 입에 알맞다고

밥때마다 먹고 즐기지만,
선조의 시초라고 생각하면 언짢다.

潮流 3

동계 여객이 밥을 못 얻어먹고 근근이
어디론가 가듯 물결은 그저 느릿느릿이 전문이다.
원기가 있으면 역도산같이 달리겠구만.
올봄에는 어느 편지를 받을 모양인가.
노모 고독을 잊지 못한 큰아들의 장난같이
젊은 장년은 미혼인 채 焦熱에 허덕인다.
젊은 장년놈은 이때 마침 동양사도
책이라고는 최근의 것이 있을 뿐이라서
고초가 많구만 다만 조류의 느림보를 닮아간다.

조류 4

플랑크톤이 풍부하게 들락거리겠구만
어선의 노부는 별로 근심거리가 없는 양
되레 미소를 지으며 태연하기만 하다.

조류는 마치 품행방정한 여대생 생도같이
눈깔 하나 꺼떡 안 하고 眞劍한 태도인데……
그 까닭의 근본 사유는 무엇을 예측하는 걸까?

아무래도 천기에 무슨 사고가 있는 게 아닐까
태풍이라도 무섭게 회오리친다면
친구들과 함께 어디로 도피해야 할까?

천상병 씨의 시

김우창

> 스스로 받아들인 가난은 미적 덕성이다.
> 깨어 있는 마음은 미적 덕성이다.
> 순결은 미적 덕성이다.
> 공경하는 마음은 미적 덕성이다.
> ──막스 자콥

1

시심은 순수하고 맑은 것이라고 한다. 또 생각하기를 시인이 세속적인 인간보다 세상의 온갖 더러움에 물들지 않는 순수하고 맑은 인간이라고 한다. 이것은 물론 과장된 일반론이지만, 시와 순수하고 맑음 사이에 어떤 친화 관계가 존재하는 것은 부인할 수 없는 일이다. 예로부터 시는 거의 언제나 순수하고 맑은 것들의 표상물로 가득 차 있다. 맑은 하늘, 물, 햇빛, 보석, 맑은 빛의 화초 등, 이런 것들은 언제나 시의 기본 어휘를 이루는 것이다. 맑음의 어휘들은 피상적인 시 취미에서 나온 것일 수도 있지만, 다른 한편으로는 간단히 설명해 치워버릴 수 없는 깊은 갈망에서 나온 것이기도 하다. 아마 그것은 여러 종교적인 이미지, 찬란한 햇살에 빛나는 보석으로써, 아미타불의 서방 정토나 묵시록의 예루살렘을 상징케 하고, 또 종교적 덕성을 청정무장무애(淸淨無障無碍)라든가 순결이라든가 하는 말로 표현하게 하는 충동으로 이어지는 것일 것이다. 맑고 순수한 것에의 갈구는 가장 소박한 상태로도, 또 보다 심화된 상태로도 존재할 수 있는 것이다.

천상병 씨의 초기 시가 드러내주는 시심은 현대시의 어느 것에 못지않은 순수한 시심이라는 인상을 준다.

그런데 흔히 시에 있어서 순수함은 세상 모르는 순진함의 표현일 수도 있고 자신이 꾸며낸 어떤 맑음의 이상에 의거한 자기 위안이나 자기 만족일 수도 있다. 말할 것도 없이 순수함이란 세상의 어지러움에 맞서는 개념이고 정신 자세이지만, 세상 모르는 순진함은 아직 세상의 어지러움을 모르는 데에서 이루어지는 것이요, 자위나 자기 만족으로서의 순수함은 세상의 어지러움을 짐짓 모르는 체하면서 연약한 자기 방어로서 꾸며낸 고고한 자세에 도취하려는 데에서 나오는 것이다. 첫번째의 순수함은 그 애처로운 무지로 하여 연민의 대상이 될 수 있으나, 두번째의 순수함은 흔히 그 허세와 자기 기만으로 하여 혐오의 대상이 되기 쉽다. 순수함이 선악을 초월한 상태라고 할 때, 두번째의 순수함은 사실 순수함이라고 하기도 어려운 것이다. 천상병 씨의 시의 순수함은 무지와 허세와는 무관한 순수함이다. 그것은 비상한 겸허와 관용과 개방성으로 특징지어져 있다. 스스로의 자위적인 세계로써 현실의 세계를 대치하려 하는 순수함은 시인의 시각을 협소하게 하는 역할을 한다. 그는 세상은 탁한데 나 홀로 맑다는 자긍심으로 세상에 맞서며, 세상을 멀리하는 것이다. 이에 대하여 천상병 씨는 스스로를 겸허하게 갖는다. 그는 스스로를 비어 있는 상태로 두어 세상의 모습을 거기에 비추어내고자 한다. 그의 초기의 서정시는 이러한 맑음과 겸허, 또 거기에서 나오는 서정적 명징성의 소산이다.

그러나 천상병 씨에게는 또 하나의 면이 있다. 그것은 그의 현실주의적인 시가 대표하는 경향으로 1970년대 이후에 눈에 띄는 것이다. 어떻게 보면 그의 초기의 서정적 스타일과 후기 리얼리즘의 스타일에는 확연한 단절이 있는 것처럼 보인다. 그러면서도 그것은 완전히 갑작스러운 것만은 아니다. 그의 현실주의적 스타일의 특징이 되는 것도 자신에 대한 금욕적 억제와 사물에 대한 즉물적 개방성이다. 그의 서정적 순수성은 나중에 즉물적 객관성이 되는 것이다.

위에서 우리는 천상병 씨의 서정적 순수함이 겸허한 자세에서 온 것이라고 하였다. 이것은 세계와의 관계에서 자기의 욕구 또는 판단을 극도로 억제함으로써 가능하다. 그러나 그러한 억제는 우리로 하여금 억제를 받아들이는 자아를 느끼게 한다. 이것이 천상병 씨의 초기 시에 널리 배어 있는 슬픔의 근원이 된다. 그의 시는 인생의 아름다움을 이야기할 때도 늘 약간은 슬프다. 이것이 그의 초기 시에 서정적 아름다움을 부여한다(마치 세상을 반사하는 투명한 눈물의 아름다움처럼). 그러니까 다시 생각해 보면, 사물을 비추는 그의 비어 있는 듯한 투명함은 반드시 철저한 의미에서 비어 있거나 투명한 것이 아니다. 후기 시에는 그는 자아의 슬픈 투명성을 제거하고 사물 그 자체를 있는 그대로 보여준다. (투명성을 넘어선 투명성이 있고, 또 그것을 넘어선 투명성이 있다.) 이제 감수성 속에 시화되지 아니한(비록 여기의 감수성이 투명한 절제의 상태에 있는 것이라고 하더라도), 딱딱하고 거친 사물이 마구 시 속에 뛰어들어온다. 있는 그대로의 사물에는 시인 자신도 포함된다. 그리하여 우리는 그가 금욕의 초연함으로 세상을 관조하는 슬픈 시인이 아니라 서울 변두리의 일상 생활 속에 있는 서민이란 것을 발견하는 것이다.

천상병 씨의 이러한 현실주의의 시는 불가피하게 정치적인 성격을 띤다. 우리의 생활 모습에 가까이 가면, 불가피하게 정치적이 된다는 점도 있으나, 우리는 시인 개인의 심리적인 움직임으로써 이를 설명해 볼 수도 있다. 앞에서 우리는 그의 세상에 대한 관용성을 말하였지만, 그것은 고통의 수련에서 온 것이다. 그에게 세상은 고통스러운 것이다. 그러므로 세상에 대한 반응을 끊임없는 신음 소리가 되지 않게 하려면, 세상에 대하여 가질 수 있는 요구를 최대한으로 줄이고, 또 세상에 대한 판단을 괄호 속에 넣어야 한다. 이때 욕심 없는 눈에 비친 세상은 그것이 아무리 삭막하여도 아름다운 것일 수 있다. 이 아름다움은 체념 위에 성립하고 이 체념이 천상병 씨의 시에 서정적 슬픔을 부여한다. 그러나 그는 체념과 슬픔을 오랫동안 지탱하지 못한다. 그는 세상을 억제된 욕구를 통하여서가 아니라 있는 그대로 바라본다. 그때 세상은 부정의 속에 있는 것으로 그 모습을 드러내는 것이다. 그렇다고 해서 그의 욕구나 의분이 그대로 터져나와 모든 사물을 뒤엎어버리는 것은 아니다. 그는 어디까지나 객관적인 눈으로 그의 주위를 돌아보는 일을 잊지 않는다. 오히려 그의 욕망은 절제될 필요도 없이 주어진 대로의 가난한 생활에 머문다. 그에게 가난한 생활은 충분히 행복하고 만족할 만한 것이다. 이러한, 말하자면 안분지족(安分知足)의 초연한 태도가 그에게 세계를 비판적 안목으로 내려다볼 수 있는 거점을 제공해 준다. 여기에서 주목할 것은 그의 객관성이다. 그것은 세계를 차분히 내다볼 수 있는 여유에서 온다. 초기에 욕망의 억제와 체념에서 초연함이 왔다면, 후기에는 조촐한 대상에 의한 욕망의 충족에서 초연함이 오는 것이다. 그러나 그의 초연함을 가능하게 해주는 것이 둔세적(遁世的)이며 전근대적인 관점이기 때문에 오늘날의 삶의 여러 면을 그대로 드러내주는 데는 어느 정도의 제한을 가지고 있는 것으로 보인다. 그러나 적어도 요즘 쓰이는 어떤 종류의 현실주의 작품들이 가지고 있는 자기 만족적인 감정주의나 자기 과시의 몸짓이 천상병 씨의 시를 특징짓는다고 말하지는 못할 것이다. 그의 시는 삶의 근본에 대한 굳은 이해와 역사의 큰 흐름에 대한 그럴듯한 예감을 가진 대로 어디까지나 사실에 대한 충실, 거시적인 객관성을 잃어버리지 않는다.

2

천상병 씨의 시적 출발은 그리움에 있었다. 시집『새』에서 연대적으로 가장 오래된 시인 1949년의 「피리」는 시에 대한 그리움을 노래한 것이었다.

피리를 가졌으면 한다
달은 가지 않고
달빛은 교교히 바람만 더불고 ──
벌레 소리도 죽은 이 밤
내 마음의 슬픈 가락에 울리어 오는
아! 피리는 어느 곳에 있는가

비교적 진부하다면 진부한 정서를 표현하고 있는 이 시에서 나중의 발전을 생각케 하는 것은, 정서 내용 이외에 진술의 선명함이다. 같은 정서의 표현에서 흔히 보는 바, 산만한 주관성 대신에 우리는 여기에서 피리라는 구체적 사물을 중심으로 한 진술의 객관적 결정화를 볼 수 있는 것이다. 그리고 〈벌레 소리도 죽은 이 밤/내 마음의 슬픈 가락에〉── 이러한 구절도 진부한 면이 없지 않지만, 여기에서 우리는 벌써 죽음과 슬픔에 대한 시인의 관심이 나타나 있는 것을 볼 수 있는데, 이것이 그의 시의 다음 단계에 이어지는 요소라면 요소라고 하겠다.

같은 해의 「공상」에서 우리는 시인이 스스로를 〈절벽 위에서〉 공상을 통하여 〈화원〉과 〈처녀〉를 그리는 사람으로 파악하고 있음을 본다. 「갈매기」(1951)는 여전히 〈그대로의 그리움〉을 이야기하고, 흔히 이러한 낭만적인 시에서 그렇듯이 구름이라든가 파도와 같은 것으로써 먼 그리움의 상징을 삼는다. 「약속」(1951)에서 시인은 자신을 〈가도 가도 황톳길〉인 여로를 가는 나그네이며 〈노을과 같이/내일과 같이〉 무엇을 기다리며 찾아 헤매는 사람이라고 한다. 「다음」(1953)에서도 시인은 눈바람치는 서울의 거리를 가며 봄을 그리워한다. 이 시에서 그의 그리움과 기다림은 가냘픔을 떨치고 조금 더 분명한 의식이 되어 있다.

아무것도 없어도
나에게는 언제나
이러한 〈다음〉이 있었다.
이 새벽. 이 〈다음〉.
이 절대한 불가항력을
나는 내 것이라 생각한다.

시인의 그리움과 기다림은 이미 본 바와 같이 슬픔과 연결되어 있다. 이 슬픔은 다시 그의 고독감과도 연결되어 있고, 또 다른 한편으로는 그가 그리워하고 기다리는 것이 무엇이든 간에 그것이 이루어지지 못할 것이라는 예감에 연결되어 있다. 그러나 천상병 씨의 시에서 슬픔이 이야기된다고 하여도 그것은 위에서 본 바와 같이 단순한 감상이 아니라 사물과 사람에 대한 정화된 인식이라는 면을 갖는다.

「갈대」(1951)는 가벼운 슬픔의 시이지만, 여기에서 그의 슬픔과 고독감은 맑은 슬픔으로 남아 있으면서 비유와 조사(措辭)의 능숙함에 의하여 객관화된다.

환한 달빛 속에서
갈대와 나는
나란히 소리 없이 서 있었다.

불어오는 바람 속에서
안타까움을 달래며
서로 애터지게 바라보았다.

환한 달빛 속에서
갈대와 나는
눈물에 젖어 있었다.

〈갈대와 나는 눈물에 젖어 있었다〉와 같이 쓰기는 쉬운 일이었을 것이다. 그러나 「갈대」를 지나친 감상으로부터 구해 주는 것은 직접적 서술을 피하고 갈대를 의인화함으로써 그의 감정을 조금이라도 객관화하고 거리를 두고 말하려고 한 시인의 노력이다.

천상병 씨의 슬픔은 그 구체적인 원인이 무엇이었든 간에 적어도 시에 표현된 바로는 인간 존재의 근원적 고독에 대한 실존주의적 인생 이해에서 나오는 것으로 보인다. 「갈대」도 사실 이미 파스칼의 〈사람은 생각하는 갈대〉라는 실존적 관찰에 이어져 있다. 「무명」(1952)은 시간과 공간의 광막함 가운데 사람이 얼마나 이름도 없이 버려져 있는 존재인가를 말하고 시인의 시적 충동은 이 〈무명〉을 깨치고 기록하는 것이라고 말한다.

봄도 가고
어제도 오늘 이 순간도
빨가니 타서 아, 스러지는 놀빛.

저기 저 하늘을 깎아서
하루 빨리 내가
나의 무명을 적어야 할 까닭을,

나는 알려고 한다.
나는 알려고 한다.

그러나 광막한 시공간 속에 위치한 시인의 고독과 사명을 이야기하는 데에 있어 조금 더 아름다운 시적인 형상화를 이룩한 시는 「어두운 밤에」(1957)이다.

수만 년 전부터
전해 내려온 하늘에,

하나, 둘, 셋, 별이 흐른다.

할아버지도
아이도
다 지나갔으나
한 청년이 있어, 시를 쓰다가 잠든 밤에……

　사람이 시공간의 심연 위에 아슬아슬하게 달려 있다는 의
식은 천상병 씨의 시에서는 반드시 절망이나 허무주의를 가
져오지는 아니한다. 그것은 오히려 인간 생존의 귀함을 더욱
절실하게 느끼게 하는 것이다. 여기에서도 슬픔과 어둠을 노
래하면서 동시에 보다 넓고 다정한 인식과 고마움의 깨침으
로 나아가는 그의 시심을 볼 수 있다. 천상병 씨의 시만큼 삶
의 고마움에 대한 겸허한 감사를 많이 표현하고 있는 시도
드물다 할 것이다. 「푸른 것만이 아니다」(1954)도 그러한 고
마움을 표현하고 있지만, 더 적절한 예는 「들국화」이다.

산등성 외따론 데,
애기 들국화.

바람도 없는데
괜히 몸을 뒤누인다.
가을은
다시 올 테지.

다시 올까?

나와 네 외로운 마음이,

지금처럼

순하게 겹친 이 순간이 ——

　유구한 계절의 리듬과 개체적 생명의 덧없고 연약함에 대한 인식은 시인으로 하여금 사물과 인간의 해후를 더욱 귀한 것으로 느끼게 하는 것이다.

3

　인간의 실존적 고독 —— 이러한 형이상학적 정서가 정당한 것이라고 하더라도 그것은 현실의 관련 속에서 강화도 되고, 약화도 된다. 그의 고독과 슬픔이 여러 가지의 현실적인 계기를 가지고 있음은 말할 것도 없다(그리고 뒤에 다시 말하듯 그 시적 표현도 이러한 계기에 스치는 것이 될 때 더 아름답고 절실한 것이 된다). 그의 고독은 한편으로 앞에서 말한 바와 같이 먼 이상을 그리워하면서 사는 사람이기에 갖는 고독이다. 다른 예를 들면, 「주일 2」(1969)에서 그는 그 자신을 다음과 같이 그렸다.

　그는 걷고 있었습니다.

골목에서 거리로,
옆길에서 큰길로,

즐비하게 늘어선
상점과 건물이 있습니다.
상관 않고 그는 걷고 있었습니다.

어디까지 가겠느냐구요?
숲으로, 바다로,
별을 향하여
그는 쉬지 않고 걷고 있습니다.

이 시의 삼인칭 대명사는 분명 시인 자신을 가리키는 것이 겠는데, 그는 별을 향해서, 아니면 적어도 숲이나 바다와 같은 넓은 자연을 향해서 가고 있는 사람이다. 이것이 그로 하여금 거리와 상점을 헤매게 하고 그러면서도 그것에 〈상관〉치 않게 한다. 그러나 또 거꾸로 시인이 별을 향하여 가는 것은 거리와 상점의 세계에서 소외되어 있기 때문이다. 이 소외는 또 어떻게 보면 시인 자신의 무기이기도 하다. 이것을 통해서 시인은 모든 것을 초연한 자세로, 어떤 경우에는 관용을 가지고 대할 수 있게 되는 것이다. 1967년의 「새」에서 천상병 씨는 자기가 보고자 하는 것이 〈절대정지〉, 〈순수 균형〉이라고 말하고 있지만, 그가 먼 이상과 현실적 절망을 통하여 얻는 것은 〈절대 시각〉이라고 말할 수 있다. 그는 현실에 절망한다. 그것은 현실 그 자체의 탓이기도 하고 그가 먼 이상 속에 사는 사람인 때문이기도 하다. 그러나 그는 절망으로 하여 현실에서 기대하는 것이 없느니만큼, 이미 말한 대로 초연하게 삶의 모든 것 ―― 그 고통과 슬픔까지도 명징하게, 또 새로운 고마움을 가지고 볼 수 있는 것이다. 이러한 복합적인 심리 과정을 잘 표현하고 있는 것이, 비록 천상병 씨의 다른 시만큼의 투명한 진술이 되고 있지는 않지만, 1959년의 「새」이다. 여기에서 시인은 인생을 모든 것이 잃어진 상태, 가령 죽음의 상태에서 바라본다면 어떻게 보일까, 이런 질문을 발하고 있다고 할 수 있다. 현재가 죽음과 같다고 하더라도 그것은 아직 삶 속에 있는만큼 죽음에 비할 때 또한 가장 찬란한 삶일 수도 있는 것이다. 그는 이렇게 말한다. 첫 연은 시인의 고독을 이야기하는 것으로 시작하여 곧 삶의 찬가로 옮겨간다.

> 외롭게 살다 외롭게 죽을
> 내 영혼의 빈 터에
> 새날이 와, 새가 울고 꽃잎 필 때는,
> 내가 죽는 날
> 그 다음날.

조금 난해한 첫 연에 이어서 두번째 연은, 그 자체로는 조금 더 평이하게 시인의 정신이 근본적으로 외로움이나 죽음이 아니라 삶과 그 아름다움을 그리는 존재임을 이야기한다.

산다는 것과
아름다운 것과
사랑한다는 것과의 노래가
한창인 때에
나는 도랑과 나뭇가지에 앉은
한 마리 새.

이 두번째 연만을 읽으면, 시인은 아름다운 것을 노래하는 새라는 뜻이지만, 이것을 첫 연에 다시 관련시켜 해석하면 이 새가 단순한 새가 아니란 것을 우리는 알 수 있다. 그것은 시인이 죽은 〈다음〉날 태어날 새인 것이다. 시인 자신은 이미 첫 두 줄에서 말했듯이 외롭게 살다 죽을 것이며 죽어서도 아무것도 지니지 못한 그의 영혼은 빈터와 같을 것이다. 그러나 영혼은 새의 모습으로 새로운 삶을 얻는다. 그리고 꽃이 피고 아름다운 일이 일어나는 것도 시인의 죽음 이후이다. 또는 시인은 이미 죽은 자로서 죽음의 금욕을 통하여서만 삶의 풍성함을 인식할 수 있다. 세번째 연에서 시인은 다시 한번 〈낡은 목청으로〉〈정감(情感)에 그득 찬 계절/슬픔과 기쁨의 주일(週日)〉을 이야기하지만, 그 다음 절은 다시 한번 이것이 삶의 끝마당에서 불려지는 노래란 것을 암시한다. 시인은

살아서
좋은 일도 있었다고

나쁜 일도 있었다고
그렇게 우는 한 마리 새.

이며 아름다운 삶은 이 새의 추억의 노래이다. 〈새〉가 이야
기하고 있는 것은 시인은 죽음을 통하여 또는 죽음의 관점
에서 삶을 돌아다봄으로써 비로소 삶의 모든 것을 아름답게
바라볼 수 있다는 것이다.
　천상병 씨의 시에서는 추억이 상당히 중요한 요소가 되어
있다. 이 추억도 죽음과 비슷한 의미를 가지고 있다. 그것은
이미 끝난 것으로 삶을 되돌아보는 방법이다. 추억 속에서
삶의 모든 것은 그대로 받아들이기가 조금 더 용이해 진다.
(이것이 천상병 씨에게뿐만 아니라 많은 시인들에게 추억이
중요한 이유 중의 하나일 것이다. 그것은 시인에게 삶의 직접
성으로부터 초연할 수 있게 하고 동시에 그것을 보다 넓은
관용과 고마움 속에 돌이킬 수 있게 한다. 초연과 수용의 결
합, 이것은 모든 미적 인식의 핵심에 놓여 있는 심리 조작이
라 할 수도 있다.) 「새 2」(1960)에서는 하루의 일이 저녁에는
벌써 아름다운 추억으로 정리된다.

바로 그날 하루에 말한 모든 말들이,
이미 죽은 사람들의 외마디 소리와
서로 안으며, 사랑했던 것이나 아니었을까?
그 꿈속에서……

하루의 별 쓸모 없이 지껄여지는 말도 죽음의 테두리 속에서 볼 때 사랑의 표현인 것이다. 「회상 1」(1969)과 「회상 2」(1971)에서 삶을 미화하는 것은 이미 시사했듯이 추억이다. 추억은 이 시들에 베를렌풍의 감미로움을 준다.

아름다워라, 젊은 날 사랑의 대구는
어딜 가?
어딜 가긴 어딜 가요?

아름다워라, 젊은 날 사랑의 대구는
널 사랑해!
그래도 난 죽어도 싫어요!

눈 오는 날 사랑은 쌓인다.
비 오는 날 세월은 흐른다.

추억 속에 얼핏 보면 하잘것없는 것들도 아름다운 삶의 표현이 된다. 그렇다고 해서 눈이 오고 비가 오는 일기 불순이 잊혀지는 것은 아니다. 다만 그것마저도 아름다운 것이 된다. 「회상 2」는 더 단적으로 추억 속에서, 추억이 인식하는 계절의 순서 속에서 좋은 것과 나쁜 것이 동시에 아름다워진다는 것을 노래한다. 이것은 「회상 1」만큼 감미롭지는 않으나 그 단순성으로 하여 더 성숙한 시라고 말할 수도 있다.

그 길을 다시 가면
봄이 오고,

고개를 넘으면
여름빛 쬔다.

돌아오는 길에는
가을이 낙엽 흩날리게 하고,

겨울은 별수없이
함박눈 쏟아진다.

내가 네게 쓴
사랑의 편지.

그 사랑의 글자에는
그러한 뜻이, 큰 강물 되어 도도히 흐른다.

　추억의 방법은 위의 시들과 같이 직접적으로 추억의 내용을 다루지 않는 곳곳에서도 볼 수 있다. 가령 「주일 2」(1969)는 위에서도 인용했지만, 이것이 과거의 시제로 씌어 있으며, 또 시의 주인공이 삼인칭 대명사로 객관화되어 있는 것은 현재의 추억화 작용으로 인한 것이다. 또 다른 예로, 위에서 언급한 「어두운 밤에」에서도 시인의 모습이 과거화되어 있는 것에 주의할 수 있다. 이러한 과거화는 천상병 씨의 시에 객관적 명징성과 애수어린 감미로움을 부여한다. 그러나 그것이 그의 농도를 엷게 하고 자칫하면 감상의 안이성을 부여하는 것도 간과할 수는 없다.

4

아마 천상병 씨의 시 가운데 가장 뛰어난 것은, 고통과 어둠에도 불구하고 유지되는 그 특유의 관용성이 형이상학적 조작에 의하여 삶에 대한 추상적인 태도로 바뀌지 않고 있는 대로의 현실 속에 유지될 때의 시이다. 「편지」와 같은 시는 고통과 관용이 현실로 남아 있는 좋은 예의 하나이다.

점심을 얻어먹고 배부른 내가
배고팠던 나에게 편지를 쓴다.

옛날에도 더러 있었던 일,
그다지 섭섭하진 않겠지?

때론 호사로운 적도 없지 않았다.
그걸 잊지 말아주기 바란다.

내일을 믿다가

이십 넌!

배부른 내가
그걸 잊을까 걱정이 되어서

나는
자네한테 편지를 쓴다네.

  우선 이 시에서 시인이 다루고 있는 상황이 어떤 추상적
인 문제가 아니라 가난이라는 구체적인 형편임은 중요한 사
실이다. 그러면서도 그것은 단지 물질적인 직접성 속에서만
이야기되어 있지 않다. 가난은 물질적 궁핍의 상태이면서 동
시에 적극적인 정신적인 덕성이라고 시인은 느낀다. 어쩌면
그것은 죽음이나 추억의 금욕처럼 삶에 대하여 참으로 맑고
깨끗한 관용을 유지하는 데 필요 조건일 수도 있는 것이다.
그러나 사람은 금욕만으로, 또 이상의 맑음 속에만 살 수는
없는 것이 아닌가? 시인은 이 시에서 가난의 문제를 두고 아
무런 욕심도 원한도 없이 그 현실적·정신적 의미를 생각한다.
이러한 생각의 소재가 되어 있는 것은 〈점심을 먹은〉 후와 점
심을 먹기 전의 가난인 것이다. 그의 부나 가난은 다 같이 얼
마나 조촐한가!
  현실성과 청순함의 비슷한 결합은 「나의 가난은」에서도
볼 수 있다.

오늘 아침을 다소 행복하다고 생각는 것은
한 잔 커피와 갑 속의 두둑한 담배,
해장을 하고도 버스값이 남았다는 것.

이렇게 묘사되어 있는 시인의 가난한 행복은 얼마나 풍부한 것인가. 그러나 시인은 이 가난한 행복을 그대로 추상화하여 일반적인 주장으로 만들지 않는다. 그는 이 행복한 가난의 현실적 불안을 충분히 알고 있다. 그는 둘째 연에서 말한다.

오늘 아침을 다소 서럽다고 생각는 것은
잔돈 몇 푼에 조금도 부족이 없어도
내일 아침 일도 걱정해야 하기 때문이다.

그러나 가난은 사람이 떳떳하게 살고 햇빛 속에 있기 위한 조건이다.

가난은 내 직업이지만
비쳐오는 이 햇빛에 떳떳할 수가 있는 것은
이 햇빛에도 예금통장은 없을 테니까……

앞의 두 연에 비해서 다소 그 격이나 적절함이 떨어진 대로 가난에 대한 신념을 일단 이렇게 확인한 시인은 다시 한번 가난의 슬픔을 재확인하고 이것을 추억과의 거리를 통하여 불가피한 삶의 일단으로 받아들인다.

> 나의 과거와 미래
> 사랑하는 내 아들딸들아,
> 내 무덤가 무성한 풀섶으로 때론 와서
> 괴로웠음 그런대로 산 인생 여기 잠들다. 라고,
> 씽씽 바람 불어라……

삶의 현실에 대한 섬세한 인식과 경험에 대한 수용성은 가난 이외의 주제를 다룬 시에서도 볼 수 있다. 「장마」(1961)에서 그는 삶을 쏟아지는 비에 비교하고, 이것을 어떤 원한을 가지고 대하는 것이 아니라 순한 마음으로 받아들이며 비에 대하여 오히려 〈나를 사랑해 다오〉 〈나를 용서해 다오〉 하고 말한다. 이런 수용적 감수성이 하나의 인생 태도로서 궁극적으로 어떤 의미를 갖든지 간에 그것은 적어도 경험 세계의 혼란 속에 사는 순수한 시심의 한 모습을 보여줌으로써 우리에게 평화의 예감을 갖게 해준다고 할 수 있다. 「장마」가 평범하다면 평범한 비유 하나에 의지하고 있는 시임에도 불구하고 우리의 인상에 남는 것은 그 순수한 수용적 태도에 대한 우리의 놀라움 때문일 것이다.

이러한 수용성의 또 다른 놀라운 효과는 「소릉조(小陵調)」(1971) 같은 데에서 가장 잘 볼 수 있다. 이것은 우리가 잘 아는, 따라서 자칫하면 너무나 당연하여 감흥이 있기 어려운 사정을 진술하고 있지만, 이를 진부함에서 구해 주고 있는 것은 삶에 대한 개방적인 수용성이다.

아버지 어머니는
고향 산소에 있고

외톨박이 나는
서울에 있고

형과 누이들은
부산에 있는데,

여비가 없으니
가지 못한다.

저승 가는 데도
여비가 든다면

나는 영영
가지도 못하나?

여기까지가 마지막 연을 제외한 전부이지만, 이것은 조금
진부하고 산문적인 그러나 그 단순 소박함으로 하여 어떤 시
적 기율을 느끼게 하는 시인의 개인적 정황의 개진이다. 그런
데 여기에 참으로 시적 변용을 주는 것은 마지막 연이다.

생각노니, 아,

인생은 얼마나 깊은 것인가.

　앞의 신상 진술 다음에, 시인은 쉽게 〈인생은 얼마나 외로운 것인가?〉 또는 〈괴로운 것인가?〉, 〈슬픈 것인가?〉 하고 쓸 수 있었을 것이다. 그러나 시인은 그의 괴롭고 고단한 삶을 이야기한 다음 어떤 개인적이거나 또는 일반적인 결론을 내리는 것이 아니라 삶의 신비에 대한 경이를 표현한다. 이것은 그의 가장 넓은 수용적인 태도, 사물을 있는 대로 보면서 일단 판단을 정지할 수 있는 능력으로 하여 가능하다. 시의 기능의 하나가 우리를 굳어 있는 틀에서 해방시켜 삶을 새로운 눈으로 보게 하고, 또 그 경이를 깨치게 하는 것이라면 「소릉조」의 마지막 연의 역할도 작은 규모로서나마 바로 이러한 일이다.

　천상병 씨의 시에 또 한 가닥의 주제를 이루고 있는 것이 다른 사람의 체험에 일치할 수 있는 감수성 또는 연민이라고 하겠는데, 이것도 그의 개방적인 수용성에서 나오는 것이라 할 수 있다. 그가 지향하는 바의 하나가 〈절대 시각〉 또는 삶에 대한 투명한 개방성이라고 한다면, 그의 시에 있어서 인간사의 객관적이면서 동정적인 처리는 당연한 것이라고 할 수 있다. 1955년의 「등불」은 불길 속에 타고 있는 낯모르는 사람의 고통이 곧 자기의 것임을 천상병 씨로서는 비교적 건조한 스타일로 말한 시다. 1970년의 「아가야」는 어떻게 보면 유치하리만큼 감상적인 듯하지만, 오히려 그 청순한 연민으로 하여 진실된 언어가 된다고 할 수 있는 표현으로 울고 있는 아이를 위안한다. 여기에 비하여 「주막에서」(1966)는 역시 순한 감정의 시이면서도 그런 가운데 날카로운 현실 감각을 감추고 있어 더 효과적인 시이다. 그것은 비참한 현실에 대한 인식과 그러한 현실 속에 환상처럼 어려 있는 행복의 느낌을 시인의 맑은 연민으로 결합한다.

> 골목에서 골목으로
> 거기 조그만 주막집.
> 할머니 한 잔 더 주세요,
> 저녁 어스름은 가난한 시인의 보람인 것을……
> 흐리멍텅한 눈에 이 세상은 다만
> 순하디순하게 마련인가,
> 할머니 한 잔 더 주세요,
> 몽롱하다는 것은 장엄하다.
> 골목 어귀에서 서툰 걸음인 양
> 밤은 깊어가는데,
> 할머니 등뒤에
> 고향의 뒷산이 솟고
> 그 산에는
> 철도 아닌 한겨울의 눈이 펑펑 쏟아지고 있는 것이다.
> 그 산 너머
> 쓸쓸한 성황당 꼭대기,
> 그 꼭대기 위에서

함빡 눈을 맞으며, 아기들이 놀고 있다.
아기들은 매우 즐거운 모양이다.
한없이 즐거운 모양이다.

주막집에 찾아든 시인은 술 파는 할머니의 등뒤로 고향의 행복한 어린 시절을 본다. 이것은 할머니의 고향인지 시인의 고향인지 분명치 않지만, 이 분명치 않음 가운데 오히려 행복한 교감이 성립한다. 그러나 시인이 그러한 행복의 비현실성을 모르는 것은 아니다. 세상이 순해 보이는 것은 몽롱한 눈 때문이요, 몽롱함이 장엄하다는 것도 역설적인 주장이다. 그리고 이 주장은 이 시의 에피그래프, 〈도끼가 내 목을 찍은 그 훨씬 전에/내 안에서 죽어간 즐거운 아기들〉이라는 장 주네로부터의 인용에 비추어볼 때 차가운 웃음을 담고 있는 것임을 알 수 있다. 이 시의 행복한 교감을 이야기하고 있는 시인은 이미 처형된 자이며, 시인이 생각하고 있는 어린 아이들의 순진함은 그 이전에 상실된 것이다.

5

지금까지 우리가 살펴본 천상병 씨의 시는 주로 순한 감정과 언어로 특징지어지는 것이었다. 그리하여 그의 시는 삶을 있는 그대로 받아들이고 이를 명징하게 비출 수 있었다. 그러나 다른 한편으로 그것은 지나치게 연약하고 감상에 떨어질 우려를 가진 것이었다. 그러나 1960년대 말에서 1970년대 말까지 그의 시에는 상당한 변화가 일어나는 것으로 보인다. 부드러운 수용의 태도와 함께 한층 도전적인 언어로 씌어진 시가 나타나기 시작하는 것이다. 「곡 신동엽(哭 申東曄)」(1969)에서 그가 신동엽을 묘사하여,

> 잡초 무더기
> 저만치 가장자리에
> 꽃, 그 외로움을 자랑하듯
>
> 신동엽!
> 꼭 너는 그런 사내였다.

라고 할 때, 상투적인 비유에도 불구하고 잡초와 외로운 꽃의 분명한 대조, 또 그 내뱉는 듯한 언어에서 우리는 그의 감수성이 단단해져 감을 느낄 수 있다. 또는 「진혼가」(1969)에서 어둠을 이야기할 때도, 그는 다른 때 밤을 이야기하고 어둠을 이야기할 때와는 달리 그것을 그리움과 슬픔에 연결하는 것이 아니라 어둠의 침묵을 그대로 보여준다. 이러한 수법에서 무엇인가 단단해져 가는 것이 있음을 우리는 느낄 수 있는 것이다.

> 태고적 고요가
> 바다를 덮고 있는

그곳.

안개 자욱이
석웅불처럼 흐르는
그곳.

인적 없고
후미진
그곳.

새 무덤,
물결에 씻긴다.

이 「진혼가」의 에피그램에는 〈저쪽 죽음의 섬에는/내 청춘의 무덤도 있다〉라고 니체를 인용하고 있는데, 천상병 씨는 여기에서 많은 참음과 판단 정지와 금욕에도 불구하고 그리움과 슬픔으로 일관되었던 그의 청춘에 어떤 단호한 고별을 암시하고 있는 것으로 보인다. (「불혹의 추석」(1970)에서 그는 〈나이 사십에,/나는 비로소/나의 길을 찾아간다〉고 말한다.) 「한 가지 소원」(1970)은 고난에 굽히지 않는 정신을 말하고 있는 시인데, 여기의 주장은 초기의 먼 이상에의 그리움에 연결되면서, 다른 한편으로는 앙칼지고 난폭한 선언의 형태를 취한다.

나의 다소 명석한 지성과 깨끗한 영혼이
흙 속에 묻혀 살과 같이
문드러지고 진물이 나 삭여진다고?

〈나의 다소 명석한 지성과 깨끗한 영혼……〉── 자기에 대
한 이러한 주장에서부터 시인은 도전적인 자긍과 아이러니
를 보여준다. 그리고 그는 그의 육체와 지성과 영혼의 사멸을
가져올 환경의 필연성에 정면으로 대결한다.

야스퍼스는
과학에게 그 자체의 의미를 물어도
절대로 대답하지 못한다고 했는데 ──

우선 그는 대담하게 철학적 명제를 시 속에 끌어들여 실
증적 세계 ── 이 세계에서 육체와 지성과 영혼은 사멸하게
마련이다 ── 가 가치의 세계를 부정할 수 없음을 말한다.

억지밖에 없는 엽전 세상에서
용케도 이때껏 살았나 싶다.
별다른 불만은 없지만,

똥걸레 같은 지성은 썩어버려도
이런 시를 쓰게 하는 내 영혼은
어떻게 좀 안 될지 모르겠다.

내가 죽은 여러 해 뒤에는
꾹 쥔 십 원을 슬쩍 주고는
서울길 밤버스를 내 영혼은 타고 있지 않을까?

〈억지밖에 없는 엽전 세상〉, 〈똥걸레 같은 지성〉 ── 이러한 말들이 표현하고 있는 것은 이미 형이상학적 공간의 광막함과 실존적 단독자의 전율이 아니다. 이제 그에게 별빛을 향한 그리움은 없다. 따라서 〈별다른 불만〉도 없다. 그러나 오히려 스스로의 지성까지 썩어질 것으로 받아들여도(그의 생각에 불합리한 세계에서 지성은 너무나 무력하기 때문에 이것은 불가피하다), 그의 자아의 합리·불합리를 초월한 어떤 핵심으로서의 영혼은 살아 남을 것이고, 그것도 버스에 실려가는 하찮은 서민으로 살아 남을 것이라고 주장한다. 이러한 현실 세계에 대한 도전적 대결은 시인의 더욱 강화되고 절실해진 정신에의 결의를 보여준다.

도전적인 현실 의식을 나타내는 시는 어떤 경우는 정치적인 색채를 띤다. 정치가 표면에 나타나 있는 것은 아니지만 그의 어떤 시에 있어서 거칠어진 의지의 언어에 전달되는 시대와 여러 사람의 움직임의 느낌은 어떤 직접적인 정치시보다도 강력하다. 그의 서정적인 투명성에의 훈련은 여기에서 정제된 형식, 절제된 감정, 정확한 사실의 포착을 가능하게 하고, 이것이 그의 정치시에 효과를 부여하는 것일 것이다. 「크레이지 배거번드」는 이러한 시의 가장 탁월한 예가 될 것이다.

> 오늘의 바람은 가고
> 내일의 바람이 불기 시작한다.

> 잘 가거라
> 오늘은 너무 시시하다.

> 뒷시궁창 쥐새끼 소리같이
> 내일의 바람이 불기 시작한다.

여기에는 먼 이상도 없고 그리움도 없다. 새로 오는 날을 예고하는 것은 새소리도, 꽃도, 햇빛도 아니다. 그것은 시궁창의 쥐새끼, 즉 사회 밑바닥의 존재이다. 여기에서의 시인의 간결한 기록은 그의 냉철하고자 하는 의지의 숨은 암호다.

> 하늘을 안고,
> 바다를 품고,
> 한 모금 담배를 빤다.

> 하늘을 안고,
> 바다를 품고,
> 한 모금 물을 마신다.

누군가 앉았다 간 자리
우물가, 꽁초 토막……

〈하늘을 안고/바다를 품고〉, 이러한 큰 것을 내면화하는 큰 행위는 한 모금 담배를 빤다거나 한 모금 물을 마신다는 작은 행위에 대조됨으로써 큰 뜻을 품은 사람의 큰 참음이 암시된다. 이것은 외로운 참음이면서 여러 사람의 동시적인 움직임이다. 이 다수의 움직임은 〈누군가 앉았다 간 자리/우물가, 꽁초 토막……〉이란 말로 거의 암호처럼 간단히 기록될 뿐이다. 마치 다수로 하여금 따로따로 있게 하면서 동시에 같은 흐름 속에 합치게 하는 역사의 움직임이 암호처럼 계시되는 것처럼. 「크레이지 배거번드」에서 보여준 의지와 표현의 절제에 이르는 것은 드물지만, 역사의 암류에 대한 번뜩이는 예감은 다른 시들에도 표현되어 있다. 「서대문에서」(1970)는 빛이 아닌, 어둠 속에 있는 빛도 아닌, 어둠 그대로의 어둠을 말하고 어떤 위기적인 때가 다가오고 있다는 예감을 표현한다. 그 위기는 언제 올지 모른다. 다만 때는 반드시 오랜 기다림에서 무르익는 것이 아니다 — 시인은 이렇게 그의 긴박한 시대 의식을 표현한다.

계절은 가장 오래 기다린 자를 위해 오고 있는 것은 아니다.

시에 대한 그의 신념에도 변화가 일어난다. 「미소」(1970)는, 시가 삶과 죽음을 미소로 건너는 〈우정과 결심, 그리고

용기〉에서 온다고 하고, 생사를 각오한 결의의 표명으로서
의 시만이 〈풀잎 슬몃 건드리는 바람이기보다/그 뿌리에 와
닿아 주는 바람/아 가슴팍에서 빛나는 햇발〉이 된다고 한다.
그런 다음에, 시인은 새로운 세계에로, 이상의 세계가 아니라
현실적 고난의 작업을 통하여 쟁취되어야 할 세계에로 〈친
구〉를 초대한다.

　　　햇빛 반짝이는 언덕으로 오라
　　　나의 친구여,

　　　언덕에서 언덕으로 가기에는
　　　수많은 바다를 건너야 한다지만,

　　　햇빛 반짝이는 언덕으로 오라
　　　나의 친구여……

　「미소」와 같이 「만추(晩秋)」(1970)도 시에 대한 신념을 이
야기한 것이다. 여기서도 시는 실존적 순간을 기록하는 외로
운 의식의 순간이 아니라 적극적으로 미래를 준비하는 씨뿌
리는 작업으로 생각되어 있다.

　　　내년 이 꽃을 이을 씨앗은
　　　바람 속에 덧없이 뛰어들어 가지고,
　　　핏발 선 눈길로 행방을 찾는다.

182

이 찾음의 길에서 씨앗의 수난은 불가피하지만, 종국에는 다시 개화할 자리는 찾아지게 마련인 것이다 —— 시인은 이렇게 말한다.

6

천상병 씨는 「편지」(1971)에서 그에게 중요한 작고 시인으로서 조지훈, 김수영, 최계락 세 사람을 들고 있는데, 조지훈이나 최계락과의 관계는 밝혀보면 밝혀질 수 있는 것이겠으나, 1960년대에서 1970년대로 넘어오는 시기에 그가 김수영에 비슷해진 것은 금방 눈에 띄는 것으로 생각된다. 전반적인 정치 지향에서도 그렇지만, 그 거의 난폭하게 사실적이면서 동시에 까다로운 언어에 있어서도 그렇다. 이것은 앞에 든 시들에서도 보이지만, 「간의 반란」의 딱딱한 산문조는 단적으로 김수영의 풍을 연상케 한다.

나는 원래 쿠데타를 좋아하지 않는다.
그 수습을
늙은 의사에게 묻는데,
대책이라고는 시간 따름인가!

첫 행에 있어서 외래어를 함부로 도입한 돌연한 발언, 거기에 이어지는 일상적이면서도 난해한 언어 —— 이러한 것들

은 김수영 시의 특징들을 그대로 재현한 것이다. 그러나 적어
도 이 시에서는 김수영의 딱딱한 난해성은 시적 의미의 논리
속에 해소된다. 정작 이 난해성까지가 드러나 있는 것은 시집
『새』의 뒤쪽에 발표 연대 없이 실려 있는 〈미발표〉 시들에서
이다.

> 인류의 플랑크톤은
> 어떻게 잔존할 수 있었던 것일까?
> 불가사의한 사실이다.

> 맛도 괜찮고 양분소도 많다.
> 칼로리는 오징어가 많다는데
> 알다가도 모를 만한 일이다.

　이러한 시연들은 김수영의 시집에서 나왔다고 오인될 정
도로 그의 영향을 드러내준다.
　천상병 씨의 변모에 또 하나의 영향을 준 것은 김수영 외
에 김관식(金冠植)이라 할 수 있지 않을까 한다. 1970년의
「김관식의 입관」에서 그는,

> 가슴에서는 숱한 구슬.
> 입에서는 독한 먼지.
> 터지게 토해 놓고,
> 오늘은 별일 없다는 듯이

싸구려 관 속에
삼베옷 걸치고
또 슬슬 들어간……

김관식의 〈좌충우돌의 미학〉을 정확히 포착한 바 있다.
(「김관식의 입관」은 감상이나 넋두리를 통해서가 아니라 직
관적이고 정확한 이해를 통해서 한 시인이 다른 시인의 죽음
을 기념한 모범적인 조시이다.) 천상병 씨가 김관식에게서 배
운 것은 얼핏 보기에 비시적인 언어보다도 자연 속에 영위되
는 거칠고 가난한 대로의 삶에 대한 긍정과 자긍인 것으로
보인다. 천상병 씨의 서정적인 감수성은 김수영의 도시 소시
민의 현실 세계에 오랫동안 거주할 수 없었던 것인지도 모른
다. 그는 초기 시의 그리움의 세계에 대신하여 위안을 줄 수
있는 세계를 필요로 했고 그것이 도가적인 자연의 삶 —— 정
신화된 것이 아니라 가난한 일상 생활에 그대로 드러나는 자
연의 삶에서 찾아진 것일 것이다.
「새」 이후의 시는 수락산 밑의 거주지에 관한 관찰에 집중
되어 있다. 그는 「내 집」(1972)이란 시에서 시적인 변용이 없
는, 그래서 일상 생활 속의 잡담 같기도 하고 또는 있는 그대
로의 것을 내보이는 높은 경지의 소박성에서 나오는 것 같
기도 한 어조로써, 〈누가 나에게 집을 사주지 않겠는가? 하
늘을 우러러 목 터지게 외친다. 들려다오 세계가 끝날 때까
지…… 나는 결혼식을 몇 주 전에 마쳤으니 어찌 이렇게 부르
짖지 못하겠는가?〉 하고 외친 바 있다. 과연 수락산 밑에 정

착한 그는 일상적인 표면과 그 정치적·철학적 의미를 고찰하기 시작한 것이다. 그리하여 그는

> 우리 집도 초가요 옆집도 초가야.
> 우리 집 주인은 서울 백성,
> 옆집 사람과는 인사한 적이 없다.
>
> ──「水落山下邊 5」

라고 자기 집의 이웃 사정을 털어놓기도 하고, 수락산 등산객의 행렬을 보며,

> 일요일의 人꼐은 만리장성이다.
> 수락산정으로 가는 등산행객.
> 막무가내로 가고 또 간다.
>
> ──「수락산변」

라고 주변에 보이는 사실을 그대로 전하기도 한다. 또, 그는 그의 관찰을 자신의 일상적 생활로 향하여,

> KBS라디오의 희망음악은,
> 아침 9시 5분에서 10시까지인데,
> 나는 매일같이 기어코 듣는다.
>
> ──「희망음악」

라고 쓰다가, 자신의 마음속에 일어나는 일상적 소망을 표현하여,

나도 땅을 가지고 싶다.
내가 좋아하는 민병하 선생님도
수원 근처에 오천 평이나 가졌는데……

— 「땅」

라고 말하고 그의 학교 동창들을 생각하며, 〈지금은 다 뭣들을 하고 있을까……/점심을 먹고 있을까?/지금은 이사관이 됐을까?〉(「동창」, 1974) 하고 지극히 일상적인 의문을 말해 보기도 한다.

이러한 예에서도 쉽게 볼 수 있듯이 천상병 씨의 후기 시는 완전히 시적인 것을 버리고, 있는 그대로의 산문적 일상을 그린다. 특이한 것은 그대로의 일상성이 아무런 시적 조작이 없이, 보이지 않게 정신적 또는 정치적 의미를 띤다는 점이다. 이런 테두리에서 보면 그의 일상성은 불교의 평상심(平常心)에 통하는 것으로도 보인다. 즉, 높고 낮은 것을 가리지 않는 거의 천치와 같은 일상적 자아와 그 생활에의 밀착이 기막힌 오도(悟道)의 표현이 되는 것이다. 가령 「약수터」(1974)는 어떻게 보면 서울 주변에 자주 보는 지나치게 평범한 일의 묘사이면서, 이 평범이야말로 있어야 할 우주 질서의 표현이란 것을 암시하는 데 성공한다.

내가 새벽마다 가는 약수터 가에는
천하선경이 아름드리 퍼진다.
요순이 놀까말까한 절대미경이라네

하긴 그곳에 벌어지는 사물은 평범하지만,
나무, 꽃, 바위, 물 등등이지만,
그 조화미의 和睦色은 순진하다네.

반드시 있을 곳에 자리잡고 있고,
운치와 조화와 빛깔이 혼연일치하니,
이 세계의 극치를 이루었다.

　그런데 이런 일상적 조화의 인정은 단순히 따분한 인생을 그대로 받아들여야 한다는 것과는 전혀 다르다. 천상병 씨가 계속하여 말하는 것은 주어진 대로의 생활이 외관상 초라한 대로 기쁨의 생활이란 것이다. 「시냇물가 2」(1973)에서 말하고 있듯이 〈풍경이 아름답게 퍼진 것은 인류의 운명이다.〉 그리하여 우리 범상한 행위도 이 아름다운 운명의 표현인 것이다. 「비 11」(1973)에서 그는 말한다.

　죽은 김관식은
사람은 강가에 산다고 했는데,
보아하니 그게 진리대왕이다.

나무는 왜 강가에 무성한가.
물을 찾아서가 아니고
강가의 정취를 기어코 사랑하기 때문이다.

「선경 ── 다람쥐」(1974)는 이러한 정취를 동물의 일상적 행위에서도 인정한다.

옆의 아내 말을 따르면,
다람쥐는 알밤과 도토리를 잘 먹는다는데,
그건 식량으로서가 아니라 진미로서가 아닐까?

있는 그대로의 것에서의 기쁨은 단지 삶의 커다란 모습이나 행동에만 있는 것이 아니다. 그것은 얼핏 보아 아무 의미도 없는 듯한, 허튼 수작 같은 몸짓에도 들어 있는 것이다. 천상병 씨는 「기쁨」(1976)에서 말한다.

친구가 멀리서 와,
재미있는 이야길 하면,
나는 킬킬 웃어 제낀다.

그때, 나는 기쁜 것이다.
기쁨이란 뭐냐? 라고요?
허나 난 웃을 뿐.

기쁨이 크면 웃을 따름,
꼬치꼬치 캐묻지 말아라.
그저 웃음으로 마음이 찬다.

아주 좋은 일이 있을 때,
생색이 나고 활기가 나고
하늘마저 다정한 누님 같다.

선문답에는 부처님이 똥집막대기란 말이 있지만, 천상병
씨는 우리의 초라해 보이는 일상에서 우주의 이치를 찾는다.
그러나 그가 현상에 만족하고 있다는 말은 아니다. 그의 시
들은 서민의 일상적 삶을 아무런 미화 없이 그리고 찬미하면
서 동시에 그것을 보다 큰 우주의 움직임에 연결시킨다. 그의
후기 시에 있어서 일상적 삶에서의 안분지족과 자연의 조화
와 정치적 예감은 분리할 수 없는 일체를 이루고 있다. 「변두
리」(1973)에서 그는 서민으로서의 그의 생활을 다음과 같이
말하고 있다.

이 근처는 버스로 도심지까지 가려면
약 1시간이 걸리는 변두리.
수락산 아랫마을이다.

물 좋고 산 좋은 이곳,
사람도 두터운 인심이다.

그래서 살기 좋은 고장이다.

오늘은 부실 보실 비가 오는데,
날은 음산하고 봄인데도 춥다.
그래서 나는 이곳이 좋아 이곳이 좋아.

현실 참여 문학에서 〈변두리〉라고 말하여지는 것의 상징은 이 시에서도 분명하다. 다만 주먹을 불끈 쥐는 의분 대신 전통적인 고향 찬가의 가락과 일상적 현실의 혼연스러운 수락이 이 시를 조금 특이하게 할 뿐이다. 같은 변조는 또 하나의 참여시의 상투적 상징인 풀을 이야기한 「선경 1 — 풀」(1973)에서도 볼 수 있다.

이 풀의 키는 약 1척이나 된다.
잎을 미묘히 늘어뜨린 모양은,
궁녀 같기도 하고 황후 같기도 하다.

빛깔은 푸른데 그냥 푸른 것이 아니고
농염미가 군데군데 끼인 채,
긴 잎을 늘어뜨리니 가관이다.

엷은 느낌이 날개 있으면 날 것 같고
유독히 그 자리에 자라난 것은,
흙 속에 뿌리박은 뿌리의 은덕이다.

「선경 1 — 풀」이 정치적인 의미를 가졌다는 것은 마지막 행과의 관련에서 그렇게 해석할 여지가 보이기 때문이지, 딱 잡아서 그렇게 말할 수 있다는 것은 아니다. 여기서 오히려 분명한 것은 자연의 작은 대상을 흥미를 가지고 관찰하는 도사의 태도이다. 시인은 풀이라는 자연물을 구태여 추상화하고 정치화하지 않는다. 여기의 풀은 풀이면서 그대로 철학적·정치적 의미를 풍긴다. 이 자연스러움, 자연스러움에서 나온 자신감이 이 시를 효과적이게 하는 것이다.

천상병 씨의 또 하나의 상징은 날씨이고, 그 중에도 그의 후기 시에서 가장 많이 등장하는 것은 비다. 이것도 매우 자연스러운 일상적 대상이 되어 있으면서 그 이상의 것을 지시한다. 「비」(1972)는 매우 평범한 잡담처럼 전개된다.

저 구름의 連連한 부피는
온 하늘을 암흑대륙으로 싸았으니
괴수는 그냥, 비만 내리니 천만다행이다.
지금 장마철이니

저 암흑대륙에 저 만리장성이다.
우렛소리 또한 있을 만하지 않은가.

우주야말로 신비경이 아니냐?
달과 별은 한낮엔 어디로 갔단 말이냐?
비는 그 청신호인지 모르지 않느냐?

비 오는 철의 모양을 이야기한 것은 극히 평범하지만 〈우렛소리〉와 같은 극적 사건을 기대하는 일은 평범한 일이면서도 어떤 예감을 표현하고, 비가 사라진 달과 별의 청신호라는 시인의 말에서 우리는 비로소 그 상징적인 의미 또는 시인의 혁명적인 예상을 생각하게 된다.

이러한 생각의 흐름은 일상적 차원과 의미의 차원에서 동시에 기묘한 교환 작용을 일으키면서 계속 진행되어 시의 의미는 결말에 가서야 어떤 결의와 회의로서 정착된다. 그러나 여기에서도 특이한 것은 추상적인 의미화가 일상적 관찰 속에 잠겨 있다는 것이다.

나는 국민학교 때는
비가 오기만 하면
학교엘 가지 아니하였다.

이제는 천국에 가신 어머니에게
한사코 콩을 볶아달라고 하여
몸이 아프다고 핑계했었다.

이제는 나가겠으나
이미 나이가 사십이니
이 세계를 거꾸로 한들 소용이 없다.

어릴 때의 추억을 들어 여기서 시인이 말하고 있는 것은 나쁜 기후, 나쁜 시절은 좋은 도피의 구실이 될 수 있으나, 이제 그는 도피하지 않겠다는 결의요, 또 그러면서도 이 때늦은 결의가 그의 나이에 비추어 얼마나 효과가 있을까 하는 회의이다.

「비」에서와 같이 날씨의 상징을 일상적 관찰과 철학적·정치적 의미와의 조화 속에 사용한 다른 좋은 예는 「수락산 하변」(1972)이다.

> 하늘은 천국의 메시지.
> 구름은 번역사.
> 내일은 비다.
>
> 수락산은, 불쾌하게 돌아앉았다.
> 등산객은 일요일의 군중.
> 수목은 지상의 평화.
>
> 초가는 농가의 상징.
> 서울 중심가는 약 한 시간.
> 여기는 그저 태평천하다.
>
> 나는 낮잠자기에 一心이다.
> 꿈에서 메시지를 번역하고,
> 용이 한 마리, 나비가 된다.

이 시에서도 정치나 도가 철학은 지나치게 강조되어 있지 않고, 그것은 천상병 씨 특유의 사실적 묘사와 분석 속에 용해된다. 가령, 두번째 연에서 수락산이 불쾌하게 돌아앉은 것은 비 오기 전의 불쾌한 날씨를 지칭하기도 하고, 도시에서 오는 등산객과 자연의 부조화를 나타내기도 한다.

〈등산객은 일요일의 군중〉 도시인은 등산객이 되어 일주일에 하루만이라도 자연을 찾는다. 그것은 그들의 생활이 자연에 굶주렸기 때문이다. 그들 또한 〈지상의 평화〉를 나타내는 〈수목〉을 필요로 하는 것이다. (이렇게 읽고 보면 앞에서 언급한 「수락산 하변」에서 〈수락산정으로 가는 등산행객〉이 왜 산정으로 가는가를 알 수 있고, 그것이 또 왜 〈하늘의 구름과 질서 있게 호응〉하는 풀이나 나무와 나란히 이야기되어 있는가를 알 수 있다.) 등산객이 수락산으로 오는 이유를 알면, 다만 정치적으로 갖다 붙인 뜻에서만 아니라 참으로 사람 사는 진실의 근간으로서 서울 중심가에서 떨어진 농촌이 왜 〈그저 태평천하〉인가를 알 수 있을 것이다. 시인은 이러한 진실과 시대의 징후, 또 날씨를 읽는 사람이다. 그러나 그는 바로 이러한 진실에 자리해 있기 때문에 조금도 초조해하지 않는다. 그는 낮잠을 일심으로 자고 꿈을 꾸고 어쩌면 용과 같은 거대한 내용을 담고 있을 상징을 나비와 같은 곱고 가냘픈 시로 옮겨놓는다.

사실 천상병 씨의 후기 시에 있어서 비뿐만 아니라 모든 자연물은 일상적 사물이면서 철학적·정치적 유유함의 상징이다. 또 하나의 비를 주제로 한 시 「비 10」에서 그는 〈천하만사가 하느님의 섭리대로 나부낀다)라고 했지만, 자연 관찰의 교훈은 그로서는 바로 여기에 있다. 가령 「시냇물가 3」을 보라.

이 시냇물은
수락산에서 발류하였으니
기어코 한강에 삽입할 것임에 틀림없다.

그리하여 시냇물은 바다에 합류한다.

기어이 바다에 들 것이니
세계 七海는 서울 시민과는 무관하지 않다.
왜 수락산정에 등산객이 가는가……

수락산으로 사람이 모이는 것이 인간과 자연의 그럴 만한 인과 관계에서 이루어지는 일이라면, 시냇물이 한강으로 가고 바다로 가는 것도 커다란 섭리 속의 일이다. 모든 것은 바다의 움직임에 의하여 좌우된다. 「계곡물」(1973)에서 그는 감탄한다.

평면적으로 흐르는 의젓한 계곡물.
쉼 없이 가고 또 가며,
바다의 지령대로 움직이는가!

그의 상징은 비에서 계류로, 계류에서 바다로 연결된다. 그리하여 비 오는 날이면 바닷가로 가서 먼 섬의 〈향기〉라도 맡는다(「비 7」).

그러나 그의 바다가 반드시 철학적으로나 정치적으로나 최종적인 화해와 평화의 장이 아닌 것은 다시 한번 주의할 필요가 있는 사실이다. 『새』에 수록되어 있는 「바다 생선」에서 말하고 있듯이 그곳에서는 〈힘이 약하고 작은 것은/유력하고 덩치가 큰 놈이 처먹게 마련〉이며 〈알다가도 모를 일〉들이 벌어지는 곳이다. 같은 주제는 다시 「바다」(1973)에서도 이야기되어 있다.

> 냇물은 흘러서 바다로 간다.
> 바다는 거의 맘먹을 수 없을 만큼 넓고 크다.
>
> 이 큰 바다에는 쉼 없이 플랑크톤이 있고,
> 이 플랑크톤을 습격하는 고기들,
> 그 고기들이 많은 곳이다.
> 내일은 풍어기를 맞는 배의 대군이
> 하릴없이 나다닐 것이다.

여기에서 천상병 씨가 의도하고 있는 것은 인생과 사물의 움직임, 그것의 전체적인 조감에 이르려는 것이다. 그 안에서 작은 불화와 갈등은 불가피하다. 또, 전체적 진리 그것이 인간의 작은 윤리적 감각에 맞는 것이 되란 법도 없다. 그러나

그것이 어떤 것이든지 간에, 그것은 자연의 섭리이며 우리가
받아들여야 할 궁극적인 바탕인 것이다.

> 개미는 땅을 기게 마련이며,
> 나비는 하늘하늘 날아다니게 마련이다.
> 자연은 그런대로 섭생인 것이다.
>
> ──「人生序歌 2」

이 자연의 섭생은 물론 자연을 포함하고 인생의 모든 것을
포함하고 천상병 씨가 생각하는 정치를 포함한다. 그것은 얼
른 보기에 너무나 유유하고 또 그러니만큼 어리석을지도 모
른다. 「인생서가 3」(1973)에서 그는 말하고 있다. 〈내 친구는
거의 모든 것에,/통달했지만 모습이 바보고,/인생은 바보까
지 관대하게 처분한다.〉 그러나 그는 그가 아는 자연의 섭생
이 〈장구한〉〈평태평(平太平)〉임을 믿는다(「易」).

7

천상병 씨는 그의 후기에 있어서 비시적인 것과 시적인
것, 일상적 관찰과 철학적 의미, 초연한 관조와 정치적 관심,
소박한 표면과 깊은 내면을 결합하는 독특하고 뛰어난 시들
을 써내었다. 이것은 1970년대 이전의 그의 서정시와는 상당
히 다른 것이다. 그러면서도 이미 지적한 바와 같이 거기에는

연결성이 있다. 그의 고졸한 후기의 스타일은 초기의 서정에서 성장해 나온 것이다. 여기에 일관되어 있는 것은 무엇보다도 자기 억제이며, 이 억제를 통해서 세계와 사물에 나아가려는 의지이다. 그의 서정시는 고고나 고상한 취미를 뽐내는 자기 탐닉이 아니라, 세상에 대하여 투명하게 있고자 하는 서정적 자세를 정확하게 기록한다. 후기 시는 사물 그 자체의 직접적인 제시에 관심을 기울인다. 여기에서의 사물은 즉물주의나 표현주의의 변형되고 추상화된 사물이 아니라 일상적이고 산문적인 사물들이다. 동시에 그는 가장 사실적인 사물들과 언어로써 정치와 자연의 의미를 전달하는 놀라운 솜씨를 보여준다.

그의 언어는 누구보다도 김수영을 닮았지만, 천상병에 있어서 김수영의 의미 부재는 일관성 있고 깊이 있는 의미를 얻는다. 다만 위에서도 말했듯이, 그의 철학적 거점이 김수영에 비해서 전근대적이란 것은 그의 의미화 작용에 보탬이 되면서 동시에 현대 사회 전체에 대한 시적 의식에 이르려는 노력에서는 오히려 부담이 되는 것으로 보인다. 그런 의미에서 아무런 적극적인 믿음을 가지고 있지 않던 초기 시의 절망은 보다 넓은 수용의 가능성을 가졌던 것으로 생각된다. 또, 시는 아무래도 서정을 무시할 수는 없다. 그것은 조화된 욕망의 그림자이다. 그런 점에 있어서도 천상병 씨의 후기 시가 결코 아무 잃은 것도 없이 초기의 서정으로부터 한 단계 전진한 것이라고만 말할 수는 없을 것이다. 그러나 초기에서나 후기에서나 분량이 그렇게 많지 않은 대로 천상병 씨가 우리

의 가장 주목할 만한 시인임을 증명해 보여준 것은 분명하다. (문학평론가/고려대 교수)

1930년 1월 19일(양력) 일본 효고[兵庫] 현 히메지[姬路] 시에서 부(父) 천두용(千斗用)과 모(母) 김일선(金一善) 사이의 2남 2녀 중 차남으로 출생. 간산에서 국민학교를 마치고 중학교 이년 재학중 해방을 맞음.

1945년 일본에서 귀국, 마산에 정착함.

1946년 마산 중학 삼년에 편입함.

1949년 마산 중학 오년 재학중 당시 담임 교사이던 시인 김춘수의 주선으로 시 「강물」이 《문예》에 추천됨. 추천 시인은 유치환.

1950년 미국 통역관으로 6개월간 근무.

1951년 전시중 부산에서 서울 상과 대학 입학. 송영택,

김재섭 등과 함께 동인지 《처녀지》를 발간. 《문예》에 평론 「나는 거부하고 저항할 것이다」를 전재함으로써 평론 활동을 시작함.

1952년   시 「갈매기」가 《문예》에 게재되어 추천이 완료됨. 추천 시인은 모윤숙.

1954년   서울 상과 대학 수료.

1956년   《현대문학》에 월평 집필. 이후 외국 서적을 다수 번역하기도 함.

1964년   김현옥 부산 시장의 공보 비서로 약 2년간 재직.

1967년   동백림 사건에 연루되어 체포, 약 육 개월 간 옥고를 치름.

1971년   고문 후유증과 심한 음주로 인한 영양 실조로 거리에서 쓰러짐. 행려병자로 서울 시립 정신병원에 입원됨. 그러나 이 사실이 알려지지 않은 채 행방불명, 사망으로 추정되어 문우 민영, 성춘복 등의 노력으로 유고 시집 『새』가 발간됨. 이로써 살아 있는 시인의 유고 시집이 발간되는 일화를 남김.

1972년   친구 목순복의 누이 동생인 목순옥(睦順玉)과
         결혼.

1978년   시집 『주막에서』(민음사) 출간.

1984년   시집 『천상병은 천상 시인이다』(오상 출판사)
         출간.

1985년   천상병 문학선 『구름 손짓하며는』(도서출판 문
         성당) 출간.

1987년   시집 《저승 가는 데도 여비가 든다면》(일선 출판
         사) 출간.

1988년   만성 간경화증으로 춘천 의료원에 입원함. 의사
         로부터 가망이 없다는 진단을 통고받았으나 기
         적적으로 소생.

1989년   삼인(三人) 시집 『도적놈 셋이서』(도서출판 인의)
         출간.
         시선집 『귀천』(도서출판 살림) 출간.

1990년   산문집 『괜찮다 괜찮다 다 괜찮다』(도서출판 강
         천) 출간.

1991년   시선집『아름다운 이 세상 소풍 끝내는 날』(미래
            사) 출간.
            시집『요놈 요놈 요 이쁜 놈』(도서출판 답게) 출간.

1993년   동화집『나는 할아버지다 요놈들아』(민음사)
            출간.
            시집『새』(도서출판 답게) 번각 출판.

1993년   4월 28일 오전 11시 20분 의정부 의료원에서 숙
            환으로 별세.

1993년   유고 시집『나 하늘로 돌아가네』(도서출판 청산)
            출간.

오늘의 시인 총서 3

주막에서

1판 1쇄 펴냄 1979년 5월 5일
1판 19쇄 펴냄 1994년 9월 10일
2판 1쇄 펴냄 1995년 11월 20일
2판 14쇄 펴냄 2025년 11월 24일

지은이 천상병
발행인 박근섭, 박상준
펴낸곳 (주)민음사

출판등록 1966.5.19. 제16-490호
서울특별시 강남구 도산대로1길 62(신사동)
강남출판문화센터 5층 (우편번호 06027)
대표전화 02-515-2000 팩시밀리 02-515-2007

www.minumsa.com

ISBN 978-89-374-0603-4 04810
ISBN 978-89-374-0600-3 (세트)

* 잘못 만들어진 책은 구입처에서 교환해 드립니다.